Mein Himmel, ein Weg des Herzens

Leah Sander

Mein Himmel, ein Weg des Herzens

Bibliografische Information der Deutschen Nationalbibliothek
Die Deutsche Nationalbibliothek verzeichnet diese Publikation in der Deutschen
Nationalbibliografie; detaillierte bibliografische Daten sind im Internet über
http://dnb.d-nb.de abrufbar.

© 2007 Leah Sander
Satz, Umschlagdesign, Herstellung und Verlag: Books on Demand GmbH,
Norderstedt
ISBN 978-3-8334-7870-3

Inhalt

Meine Zärtlichkeit für dich ist
wie der Tautropfen auf einem Rosenblatt am Morgen.
Meine Zärtlichkeit für dich ist
wie der erste Sonnenstrahl.
Meine Zärtlichkeit für dich ist
wie die sanften Strahlen des Mondes.
Meine Zärtlichkeit
berührt dich wie ein Schmetterling.
Meine Zärtlichkeit
umfängt dich.
Meine Zärtlichkeit für dich ist.

Meine Leidenschaft für dich ist
wie der Urknall,
Explosion der Sterne,
Eintauchen in das Kaleidoskop der Gefühle,
Zersplitterung und Einheit.
Meine Leidenschaft für dich ist
wie der Blitz am Himmel.
Meine Leidenschaft für dich ist
wie Sternschnuppen am nächtlichen Firmament.
Meine Leidenschaft für dich ist.

Meine Sehnsucht nach dir ist
unermesslich,
deine Abwesenheit verursacht Schmerz.
Meine Sehnsucht nach dir ist
bittersüß und voller Leid.
Meine Sehnsucht nach dir ist

Zärtlichkeit, Leidenschaft,
Liebe.
Meine Sehnsucht nach dir ist.

Meine Liebe zu dir ist,
dir die Hand zu reichen und in dir zu versinken,
alles und nichts in einem Moment,
die Unendlichkeit,
zu den Sternen zu fliegen,
im Universum zu schweben.
Meine Liebe zu dir ist ohne Grenzen,
denn du bist mein Universum,
nur einen Gedanken entfernt,
unendliche Freiheit,
unendliche Nähe,
einfach Liebe.

Meine Liebe zu dir ist
ohne Zeit,
durch alle Gezeiten,
vom Anfang bis zum Ende,
ein Kreis,
denn sie besteht.
Und wenn wir zurückkehren ins Rad der Zeit,
werden wir wieder eins sein.
Meine Liebe zu dir ist.

Leah Sander, Mai 2006

Träume, Ahnungen und Zufälle

»Lady Arin, ich habe schlechte Kunde, euer Gemahl, er wurde überfallen, er ist tot!« Die Worte des Boten, diese wenigen Worte drangen Arin ins Bewusstsein wie Spinnweben, und Dunkelheit durchflutete ihre Seele. Das konnte nicht sein, das war nicht möglich, es war unmöglich! Jeden Moment würde er durchs Tor reiten, so wie immer.

Doch ihre Seele erkannte den Verlust, sie tastete nach ihm mit ihrem Bewusstsein, doch der sanfte Kontakt war nicht mehr vorhanden, da war nur mehr Arin, alleine.

Doch der Bote kündete Wahrheit, ihre Söhne brachten den Leichnam wenige Stunden später.

Und Arin wurde bewusst, dass sie jetzt nie die Möglichkeit haben würde, ihrem Liebsten zu sagen, wie sehr sie ihn geliebt hatte. Sie hatte all die Jahre stolz und unnahbar an seiner Seite gelebt, seine Kinder geboren und nie gesagt, was sie wirklich empfunden hatte, geleitet von Hochmut und fehlgeleiteter Rache.

Trauer, Schuld und unendlicher Schmerz erfüllten Arin. Die Kinder zankten um den Besitz, und am Rande ihres Bewusstsein nahm sie wahr, dass sie ins nahe gelegene Kloster verbannt werden sollte, als Witwe. Doch das war für sie nicht von Bedeutung, der Schmerz und die Schuld waren so groß, dass alles andere nicht mehr wichtig war.

»Liebster, ich werde dich wiederfinden, denn wir sind eins durch alle Zeiten, für immer.«

Das war Arins Schwur!

***

Anna erwachte jäh aus ihrem Traum. Was war es, das sie so verstört hatte, warum hatte sie diese Angst- und Schuldgefühle? Warum hatte sie immer wieder diese seltsamen Träume, schon seit ihrer Kinderzeit? Es war, als hätte sie das selbst erlebt, die Gerüche gerochen, die Wollkleidung gespürt, als wäre sie dort gewesen.

»Unsinn, du hast einfach nur schlecht geträumt, oder du wirst mit deinen 35 Jahren schon wunderlich«, dachte sie energisch und sah auf die Uhr. »Ohnehin schon Zeit aufzustehen.« Die Sonnenstrahlen krochen durch die Vorhänge ins Zimmer, Vogelgezwitscher drang von draußen herein, es würde ein schöner Sommertag werden.

»Na los, steh auf, Faulpelz, Beine raus und aufgestanden.«

Anna schwang ihre Beine über den Bettrand, streckte sich und stand auf. George, der Bernhardiner, stand schon erwartungsvoll vor der Tür und bettelte um Streicheleinheiten.

Wenig später, Kaffeeduft zog durch die Küche, und nach einer erfrischenden Dusche hatte sie ihren Traum schon fast vergessen.

»Jenny, Mäuschen, komm, steh auf, du verpasst noch deinen Bus«, rief sie ins Zimmer ihrer 16-jährigen Tochter.

»Ja, Mum«, kam die verschlafene Antwort.

Anna war mit ihren Gedanken bei den Aufgaben des Tages, was alles organisiert und geplant werden musste, damit auch alle ihre Arbeit machen konnten. Und ein neuer Mitarbeiter für ihre Station im Pflegeheim sollte kommen. Milde Neugier regte sich in Anna, er hatte nett geklungen, und auch wenn der Neue nicht nett war, würde sie zurechtkommen müssen, denn sie hatte keinen Einfluss auf die Personalpolitik.

Jenny war inzwischen auch aus ihrem Zimmer gekommen, ein pummeliger Teenager, den Schlaf noch in den Augen, die blonden Haare zerzaust. Sie gab ihrer Mutter im Vorbeigehen achtlos ein Küsschen und verschwand Richtung Bad.

»Mäuschen, beeil dich, dann kann ich dich beim Bus absetzen.«

Anna holte ihren Aktenkoffer, noch ein Blick in den Spiegel und es konnte losgehen. Jenny war auch fertig und die beiden verließen das Haus.

Anna warf noch einen Blick zurück zum Haus und dachte sich, was es doch für ein Glück war, dass sie für sich, ihre Tochter und den Hund ein preiswertes Miethaus gefunden hatte.

Wehmütige Gedanken erfassten sie, denn nach zehn Jahren war die Trennung von Günter zwar ruhig, friedvoll verlaufen, doch es bedeutete auch einen neuen Lebensabschnitt. Vor allem sollte es jetzt ein Abschnitt ohne Männer werden, so viel stand fest. Nach einer gescheiterten Ehe und mehreren nicht erfolgreichen Beziehungen war es einfach genug. Liebe à la carte vielleicht, doch mehr sicher nicht.

Und doch, da war so eine Sehnsucht, unbestimmt, wie ein Rufen der Seele nach dem Seelengefährten.

Resolut schüttelte sie den Kopf und unterdrückte ein Seufzen.

»Ja, das war wirklich Glück mit dem Haus, meinst du nicht, Jenny?«

»Da hast du recht, Mum, vor allem wegen George, denn viele Vermieter haben was gegen so riesige Hunde.«

Es war richtiges Glück gewesen, innerhalb von zwei Wochen ein Miethaus zu finden mit großem Garten. Das Haus war alt, aber teilweise saniert. Die Raumaufteilung war für Anna und Jenny perfekt, und sie hatten nicht viel verändern müssen und konnten sehr schnell einziehen.

»Und für diesen Preis ist das Haus wirklich okay, wir haben nur ein bisschen Farbe gebraucht, und voilà, schon haben wir ein gemütliches Zuhause. Okay, Mäuschen, wir sind da. Ich wünsche dir einen schönen Tag, ich habe dich lieb.«

Es wurde ein turbulenter Tag, wie meistens. Genervte Mitarbeiter, das Telefon, das nie stillstand, Angehörige und andere Unannehmlichkeiten.

Spät am Abend fand Anna endlich Zeit, über den Tag nachzudenken. Es war ein anstrengender Tag gewesen, doch jetzt saß sie mit ihrer Freundin Lisa gemütlich bei einem Glas Wein auf der Terrasse.

»Der neue Mitarbeiter ist ein junger Mann, wirkt ungepflegt und hat sehr schlechte Zähne, das finde ich bei so einem jungen Menschen schlimm. Und ich habe natürlich als Vorgesetzte die unangenehme Aufgabe, darüber ein Gespräch mit ihm zu führen. Das sind immer die Aufgaben, die ich gar nicht mag. Doch sonst scheint er sympathisch und arbeitsam, und er hat etwas an sich, so eine Traurigkeit, ich weiß auch nicht, ich konnte das sehr genau wahrnehmen.«

»Ach, Anna, du immer mit dem Wahrnehmen, vielleicht hatte er nur Streit mit seiner Freundin«, meinte Lisa.

Später dann im Bett dachte Anna über die Sache nach, die sie ihrer Freundin nicht erzählt hatte, um sich einen Vortrag über esoterischen Schwachsinn zu ersparen.

Denn beim Händeschütteln mit Hannes hatte sie ein Gefühl des Erkennens gehabt, als ob sie diesen Menschen schon immer gekannt hätte.

»Ach, so ein Blödsinn, er ist halt sympathisch, das wird es sein«, dachte Anna und knipste die Bettleuchte aus.

Das Gespräch mit Hannes war ihr peinlich, doch er nahm es gelassen hin und akzeptierte auch den vorgeschlagenen Zahnarzt. Wenig später waren die schlechten Zähne nur noch eine Erinnerung. Und Hannes freute sich über das neue Lebensgefühl, denn er lachte gerne und hatte sich wegen der Zähne geschämt, doch er hatte keinen technisch versierten Zahnarzt gefunden, der die Sanierung übernehmen wollte. Er war sehr dankbar für Annas Offenheit und Unterstützung.

Träume

Arin erwachte und sah sich langsam um. Das Feuer im Kamin war fast erloschen, bald würde der Morgen dämmern. Sie fühlte die Arme ihres Mannes um ihren Körper und genoss die Wärme und seine Nähe.
In Gedanken erlebte sie die schönen Stunden des vergangenen Abends noch einmal.

Nach fast 20 Jahren eine absolute Vertrautheit, die durch diese Geste ausgedrückt wurde.
Sie hatte Glück gehabt und einen guten Mann gefunden, und nach all den Jahren immer noch Leidenschaft und Harmonie.
Und sofort regte sich auch ihr schlechtes Gewissen, sie sollte ihre Maske endlich fallen lassen.
»Morgen werde ich es ihm sagen«, beschloss sie.
Im Haus wurden die ersten Geräusche laut, die Vorbereitungen für den neuen Tag auf dem Gut. Arin genoss die Umarmung und diesen Moment des stillen Glücks.

***

Anna lächelte im Schlaf, dieses Glück umfing auch sie.

Erwachen im Herbst

November 1999

Anna erwachte mit einem Lächeln, sie fühlte Hannes' Arme um ihren Oberkörper und sein Kinn an ihrem Nacken, umschlungen in enger Umarmung.

So glücklich und voller Liebe, das hatte sie noch nie erlebt, völlige Vereinigung, nicht einfach Sex mit einem Höhepunkt, sondern Einswerden körperlich und geistig, das war es, was sie mit Hannes erlebte.

Es war so viel in den letzten Wochen passiert, sie konnte es selbst nicht glauben.

»Wenn mir das jemand erzählt hätte, ich hätte es nicht geglaubt«, dachte Anna bei sich.

Noch vor einigen Wochen war es undenkbar gewesen, dass sie sich verlieben, nein lieben sollte, und dann hatten sich die Ereignisse überschlagen.

Annas Kolleginnen wollten einen Bauchtanzkurs belegen und auch Anna wollte teilnehmen, doch der Kurs konnte wegen Krankheit nicht stattfinden, deswegen wollten die Damen die Abende alternativ verbringen.

Gabi, die Mitleid mit dem jungen, einsamen Kollegen hatte, regte dann an, Hannes auch mitzunehmen. Am ersten gemeinsamen Abend fand ein Besuch in der Pizzeria statt, und anschließend landeten alle bei Anna. Es wurde ein lustiger, feuchtfröhlicher Abend, bei dem Gabi Hannes mit Tequila gut abfüllte. Hannes schlief dann auf dem Sofa, denn nach der Menge an Hochprozentigem war mit dem Auto zu fahren kein Thema.

Am nächsten Nachmittag hatte Hannes eine SMS geschickt, wie es Anna gehe und was sie so mache, und am Ende hatten sie bis weit nach

Mitternacht Videos geschaut. Die darauf folgenden Tage fand Hannes immer wieder einen Vorwand, um zu Besuch zu kommen.

Zum nächsten Termin trafen sich alle bei Dina zu einem Käsefondue, das wurde ebenfalls ein äußerst gelungener Abend.

Und die Woche darauf lud Hannes Anna in seine Wohnung ein. Das wurde ein ganz besonderer Tag und Abend.

14. Oktober 1999

»Hallo Anna, wie geht's? Ich putze schon den ganzen Tag in meiner Wohnung, damit ich mich nicht vor dir genieren muss«, sagte Hannes etwas außer Atem.

»Mach dir keine besonderen Umstände, ich bin nicht so anspruchsvoll. Übrigens, wie machen wir es nach der Supervision, treffen wir uns bei mir und ich fahre dann mir dir mit? Denn alleine finde ich sicher nicht zu dir.«

»Ja, das machen wir so, bis dann, tschüss!«

Anna stand vor dem Kleiderschrank und überlegte, was sie wohl anziehen sollte.

Sie starrte auf ihr Spiegelbild und es gefiel ihr, was sie sah, eine schlanke, zierliche Frau mit kinnlangen glänzenden braunen Haaren. »Ein bisschen wenig Busen« dachte sie, doch das war von der Natur so gestaltet worden.

Ihr Gesicht, ganz in Ordnung, hoch angesetzte Backenknochen, keine Falten und schöne große grünbraune Augen. Sie war zufrieden, sie sah für 35 Jahre wirklich gut aus.

Sie entschied sich für eine schwarze Hose und ein enges graues Top, ein wenig Make-up, und fertig. Trotzdem war sie ein wenig nervös, Hannes war doch um sehr vieles jünger. Was, wenn sie sich zum Narren machte und er gar nichts von ihr wollte?

»Na ja, mal abwarten. Zuerst mal die Supervision, dann werden wir weitersehen.«

Anna ging ins Vorzimmer, um ihre Tasche zu holen.

»Jenny, ich fahre dann mal. Ich kann dir auch nicht sagen, wann und ob ich heute nach Hause komme. Okay?«

»Ja, ist klar, Mum, viel Spaß!«

Die Supervision war als psychologische Betreuung gedacht und nervenaufreibend, doch gegen 23 Uhr war sie beendet und Anna und Hannes machten sich auf den Weg.

In der Wohnung angekommen, kredenzte Hannes Anna ein Glas Wein und sie nahmen auf dem Sofa Platz.

»So, jetzt hast du meine Wohnung auch gesehen, gefällt sie dir?«

»Ja, sie ist eine ideale Junggesellenwohnung, ein bisschen karg, aber sehr nett. Apropos Single, warum hast du keine Freundin? Du bist ein netter, sympathischer junger Mann.«

Hannes schluckte ein wenig, doch dann gab er sich einen Ruck.

»Ich hatte eine Freundin, in Wien, ich hab sie mit zwei anderen Männern im Bett erwischt. Und seitdem habe ich niemanden kennengelernt, außerdem bin ich ein sehr schlechter Liebhaber.«

»Was? Hat diese Frau in Wien das so gesagt?«

»Ja, deswegen hat sie mich auch betrogen.« Das Thema behagte Hannes eindeutig nicht.

»Anna, etwas ganz anderes, du kannst dich doch noch an die Eröffnungsfeier im Juni erinnern, da waren auch meine Eltern und Geschwister. Als mein Vater dich gesehen hat, hat er zu mir gesagt, dass du die Frau für mich bist, dass du diejenige bist, die für mich bestimmt ist. Ich hab ihm gesagt, er sei verrückt, du bist meine Chefin, doch er hat gemeint, das würde nichts ausmachen, und dass du die Richtige bist. Na ja, und jetzt sitzen wir hier und sind uns so nahegekommen. Was meinst du?«

»Nähergekommen sind wir uns eindeutig, obwohl ich noch nicht weiß, wo das hinführen soll. Ich bin schon 35, du bist 23, verstehst du, was ich meine?«

»Weißt du, das Alter spielt keine Rolle, die Mutter meines Vaters hat den Bruder meiner Mutter geheiratet, und er ist 14 Jahre jünger. Ich finde da nichts dabei, Hauptsache, man versteht sich, Alter ist Nebensache.«

Nach einer Weile Plaudern kam ein wenig Ratlosigkeit und Verlegenheit auf, da meinte Anna: »Weißt du was, ich bin müde, warum gehen wir nicht ins Bett und schauen, was passiert?«

Anna und Hannes gingen zu Bett. Der Raum war dunkel, da Hannes kein Licht wollte. Scheue, zärtliche Küsse, die sehr schnell leidenschaftlich wurden. Anna konnte plötzlich die Gefühle von Hannes wahrnehmen, als wären es ihre eigenen. Heiße, brennende Leidenschaft, heftiges Begehren und tiefe Sehnsucht.

Die erste Vereinigung sanft und scheu, und plötzlich waren sie eins, in der Leidenschaft, in den Gedanken und Gefühlen. Unglaubliche Nähe, versinken im anderen und die Erlösung gemeinsam, vollständig und perfekt.

»Hannes, das war übermächtig. Wie konnte diese Frau sagen, du bist ein schlechter Liebhaber?«

»So etwas wie gerade mit dir habe ich noch nie erlebt, es war so intensiv, ich konnte dich ganz und gar spüren, als ob wir völlig eins wären.«

»Mir geht es genauso, es war wunderschön. Das klingt jetzt sicher seltsam, ich habe das Gefühl, ich würde dich schon immer kennen. Es erinnert mich an einen Traum, den ich immer wieder hatte, seit vielen Jahren. Wer weiß, vielleicht kannten wir uns schon in einem früheren Leben.«

Anna drehte sich zu Hannes und schmiegte sich an seine Schulter »Es tut so gut, umarmt und gehalten zu werden.«

Hannes beugte sich zu ihrem Gesicht und küsste sie, und ganz plötzlich entflammte erneut Leidenschaft. Dieses Mal war es Vereintsein, Körper, Seele und Geist, ein Verschmelzen zweier Herzen, die Berührung zweier Seelen, die sich wiedergefunden hatten.

Hannes hielt Anna die ganze Nacht umfangen, denn er wollte dieses Gefühl des Einsseins nicht stören, er wollte diesen besonderen Moment tief in sich aufnehmen, und Anna schlief behütet und glücklich.

Allein die Erinnerung an diesen speziellen Tag und diese besondere Nacht brachten ein glückliches Lächeln auf Annas Gesicht.

Das war vor wenigen Wochen gewesen, und seitdem lebte sie wie auf einer Wolke des Glücks, nur manchmal quälten sie Zweifel. Sie war 35 und Hannes war 23. Doch sie wollte diese Beziehung genießen, solange es möglich war. Auch dass sie manchmal von unerklärlichen Angst- und Schuldgefühlen geplagt wurde, verdrängte sie, nichts sollte ihr Glück stören.

Es hatte da ja einen durchaus peinlichen Moment gegeben, als Jenny die neue Beziehung ihrer Mutter entdeckt hatte, denn Hannes hatte Jenny selber gut gefallen, doch dann hatte Jenny gemeint, es sei in Ordnung und sie freue sich über Annas Glück.

Und so lebten sie jetzt schon seit einigen Wochen ein geheimes Glück, denn auch in der Arbeit durfte niemand von dieser Beziehung erfahren. Doch das Glück im Verborgenen hatte auch seinen Reiz.

Anfang Dezember 1999

»Jenny, ich war bei Hannes in der Wohnung und hab da seinen Bruder kennengelernt. Der schaut schnuckelig aus, du könntest Hannes ja wegen der Telefonnummer fragen.«

»Ja, das mache ich vielleicht.« Jenny war schon wieder fast draußen, da sie Einkäufe machen wollte.

Anna sah Hannes an. »Nun, was wollen wir Schönes machen?«

»Worauf hast du Lust?«

»Wir sind alleine, wir könnten ein Bad bei Kerzenschein nehmen und uns dann anschließend eincremen und verwöhnen, und später mache ich uns ein leckeres Abendessen.«

»Mein Herz, das klingt fantastisch, genauso machen wir es, ich drehe den Strahler im Bad auf und zünde die Kerzen an.«

Anna lächelte über den Überschwang, das Leben war einfach wunderbar. Sie holte sich den Bademantel aus dem Schlafzimmer und folgte Hannes ins Badezimmer. Das Wasser lief schon und sie fügte noch Badeöl hinzu.

Ein wenig später räkelten sie sich im duftenden Wasser und genossen den Luxus.

»Weißt du, das wäre doch ein Foto für unser Stationsalbum. Meinst nicht? Ich könnte mir vorstellen, dass so mancher schlicht schockiert wäre.«

Hannes brach in schallendes Gelächter aus bei der bildlichen Vorstellung dieser Situation.

»Ja, das wäre sicher urkomisch.«

Anna sah ihn zärtlich an, sie liebte sein Lachen, es war so offen und ansteckend. Sanft lehnte sie sich an seine Brust und genoss das Gefühl der Nähe und Zweisamkeit.

Wenig später gingen sie ins Wohnzimmer und verwöhnten sich mit duftender Lotion, mit den Fingerspitzen die Konturen des Körpers nachzeichnend, zärtliche Berührungen, erwachende Leidenschaft und Begehren. Liebe bis zur gemeinsamen Erfüllung, vereint sein, eins sein.

Die Tage vergingen schnell, und einige Tage später standen am Morgen fremde Stiefel im Vorzimmer. Jenny hatte am Abend davor ein Blind Date ausgemacht mit Hannes' Bruder Bert.

Hannes erkannte die Stiefel sofort als die seines Bruders, und Anna dachte:»Na ja, jetzt wird unser Geheimnis bald keines mehr sein«, denn Hannes' Familie wusste auch nichts von der Beziehung.

Und tatsächlich, die gesamte Familie erfuhr das Geheimnis keine zwei Tage später. Und Anna war auf einmal mit vielen Leuten konfrontiert. Da war Hannes' Mutter Vera, eine kleine, zierliche, ein wenig verbraucht aussehende Frau, und sein Vater Ferdinand, ein eher bärbeißiger Typ, dazu noch zwei Schwestern, Cora und Sandra. Allesamt sehr nett und herzlich.

Silvester feierten sie im Kreis der Familie, sehr vergnüglich, Lachen, Essen, Spiele und Musik. Anna mochte ihre neu dazugewonnene Familie sehr gerne.

Lebensziele

»Hannes, was wünscht du dir vom Leben, was sind deine Ziele?«, fragte Anna eines Abends.

»Eine Familie zu haben, Kinder. Das ist mein wichtigstes Ziel. Ich habe mir auch schon als Kind immer einen Bauernhof gewünscht, ich arbeite gerne draußen.«

»Nun, der Bauerhof ist kein Problem, doch mit den Kindern werden wir beide ein Problem kriegen, denn ich kann auf normalem Weg keine Kinder mehr bekommen. Ich hatte mehrere Eierstockentzündungen und deswegen sind meine Eileiter verschlossen. Aber es gibt die Möglichkeit einer IVF, künstliche Befruchtung. Ein Retortenbaby!«, erklärte Anna und fühlte Angst in sich aufsteigen.

»Nein, so was ist unnatürlich, das möchte ich auf keinen Fall.« Hannes war sehr nachdrücklich, sodass Anna dieses Thema nicht weiter verfolgte. Sie hatte sich immer noch ein oder zwei weitere Kinder gewünscht, doch zuerst hatte sie nicht den richtigen Partner, und dann kamen die Entzündungen. Sie ließ das Thema vorerst ruhen, sie waren doch erst kurz zusammen, da war noch genug Zeit, um noch einmal darüber zu sprechen.

Mit Hannes zu leben war für Anna wie ein Traum. Endlich hatte sie den Seelengefährten gefunden, Verstehen ohne Worte, Wissen ohne Worte. Liebe zu leben, eins zu sein. Und doch hatte sie Angstgefühle, Angst, Hannes zu verlieren, nicht gut genug zu sein, unerklärliche Schuldgefühle. Und einen neuen Traum, der immer wiederkehrte.

***

Malta, 1500 v. Chr.

Die sturmgepeitschte See, ein grauer, regenverhangener Tag, Basaltklippen, auf denen die Festung thront. Grob behauene Blöcke, aus denen die Festung errichtet wurde, glänzen vom Regen, und auf der Festungsmauer stehen sie, dieses Paar.

Die Frau ist sehr zart, langes rotes Haar wird vom Sturm gepeitscht, sie hat ein ebenmäßiges Gesicht und hoch angesetzte Backenknochen. Sie trägt eine weinrote Robe und einen Gürtel aus groben Metallgliedern um die Hüfte. Der Mann hat fast asiatisch anmutende, schöne graublaue Augen, langes braunes Haar, er ist sehr schlank und trägt archaisch anmutende Kriegerkleider.

Das Fesselnde an dieser Szene ist die Emotion, die dieses Paar ausstrahlt, Einheit, große Liebe und Opferbereitschaft. Diese beiden sind bereit, für ein höheres Ziel Opfer zu bringen, auch wenn sie dann vielleicht für viele Leben getrennt werden.

∗∗∗

In Annas Traum kennt sie die Namen der beiden nicht, aber sie kann es fühlen, als wäre sie diese Frau auf der Festungsmauer. Sie fühlt all ihre Emotionen, die Hingabe, die tiefe Liebe, Leidenschaft, Harmonie und die Hinwendung zu einem höheren Ziel.

∗∗∗

Dann umarmt der Mann seine Frau und nimmt Abschied, vielleicht für immer. Doch es gibt Hoffnung, denn sie sind verbunden durch wahre, reine Liebe durch die Zeit und die Gezeiten, denn diese Liebe besteht für immer. Sie sind Seelenpartner.

Dieses Paar strahlt tiefe Gewissheit aus, der Mann verneigt sich noch einmal vor seiner Frau, wendet sich ab und geht zu seinem Schiff, das im Hafen wartet.

∗∗∗

Anna war wirklich beunruhigt durch diesen neuen Traum, denn er weckte tiefe Emotionen in ihr. Und auch Erkenntnis, dieser Traum war die Erinnerung an ein früheres Leben. Doch was sollte sie damit anfangen?

Sie hatte Angst, dass ihre neue Liebe wie eine Seifenblase zerplatzen würde, dass Hannes sie verlassen würde, weil sie um so vieles älter war und auch keine Kinder mehr bekommen konnte, zumindest nicht auf normalem Weg. Es gäbe die Möglichkeit mithilfe der modernen medizinischen Technik, doch Hannes lehnte das immer wieder ab.

Immer wieder dachte sie über ihre Ängste nach, denn Anna war tief besorgt, doch dann wieder vertraute sie auf die Liebe, das Schicksal und Gott, denn das Schicksal hatte ihr ihren Seelenpartner nicht geschickt, um ihn ihr wieder fortzunehmen, jetzt, wo sie sich endlich gefunden hatten.

Visionen

»Hannes, ich hatte grade beim Meditieren eine grauenvolle Vision. Du hast mich belogen, betrogen und dann verlassen. Du hast mich in meiner Vision ganz grausam behandelt, unmenschlich, total brutal. Du hast nicht mit mir gesprochen, so als würde ich nicht existieren, es war ganz schlimm. Was soll das nur bedeuten?« Anna war völlig aufgelöst, so realistisch waren diese Bilder und Gefühle gewesen. Sie hatte schon öfter Vorahnungen oder Bilder gesehen, doch so etwas bisher noch nie.

»Anna, du bist mein Herz, meine große Liebe, so etwas wird nie geschehen. Ich liebe dich!« Hannes lächelte sie an und umarmte sie. »Mein Herz, nimm das nicht so ernst, vielleicht hat das eine ganz andere Bedeutung, du weißt ja, wie das ist mit den Bildern, die du manchmal siehst.«

»Ja, du hast bestimmt recht, doch ich habe so große Angst, dich zu verlieren, jetzt, wo ich dich endlich gefunden habe.«

»Hab keine Angst, ich liebe dich, und die Männer in meiner Familie lieben nur einmal, und das dann für immer.«

Anna war zwar beruhigter, doch trotzdem war da drohendes Unheil, unbestimmt, vage, doch es war da. Immer wieder quälten sie Angst und unbestimmte Schuldgefühle. Sie wusste mit Gewissheit, dass eine Bedrohung auf sie zukam.

Die nächsten Monate vergingen wie im Flug, glücklich, mit Familienfesten, mit Lachen und Liebe, und Anna vergaß ihre Vision.

Sie war einfach glücklich, Jenny und Bert waren so ein glückliches, zufriedenes Paar. Anna war für ihre Tochter überglücklich und sich sicher, dass die beiden ein wunderbares Leben haben würden. Jenny und Bert übernahmen die Wohnung von Hannes, Hannes und Anna lebten in Liebe und Harmonie, das Leben konnte nicht schöner sein.

Das Einzige, was Anna ein wenig betrübte, war, dass sie ihre Beziehung geheim halten mussten, deswegen hatte Anna außer zu Günter, ihrem besten Freund, den Kontakt zu ihren Freunden praktisch abgebrochen. Es störte sie nicht, sie hatte Hannes und seine Familie, und das waren reichlich Kontakte.

Schwere Schicksalsschläge

16. *November 2000*

Anna lächelte vergnügt, als sie den Garten betrachtete. Gestern war so viel geschehen. Vera und Ferdinand hatten geholfen, den Garten für den Winter fertig zu machen, das Holz für den neuen Kaminofen war neben der Haustür gestapelt, und es war ein wundevoller Tag gewesen. Hannes hatte mit seinem Vater das Terrarium neu gestaltet, mit Zimmerbrunnen und Vernebler, damit die Schlangen genug Feuchtigkeit hatten. Das Terrarium sah wunderschön aus, sie freute sich schon auf den Anblick.

Es war alles so schön, das Leben war herrlich. Anna war noch nie so glücklich gewesen wie in diesem vergangenen Jahr mit Hannes.

Sie steckte den Schlüssel ins Schloss und dachte bei sich: »Was ist los? George winselt gar nicht an der Tür?«, drehte den Schlüssel um und öffnete die Tür.

»Da ist es aber dunkel.« Anna betrat die Küche und drückte den Lichtschalter, doch nichts passierte, und dann holte sie Luft und einen Moment später rannte sie hustend aus dem Haus.

In Panik lief sie wieder ins Haus, um George zu suchen, und erkannte das ganze Ausmaß der Katastrophe: Alles war voller Rauch und Ruß.

Anna kramte in der Handtasche nach dem Handy und rief Hannes in der Arbeit an: »Hannes, der Kaminofen ist explodiert«, und legte wieder auf. Dann rief sie Günter und Ferdinand an.

Anna ging wieder ins Haus, um den Hund zu suchen, und ging ins Wohnzimmer, um das Fenster zu öffnen. Als dieses offen war, erkannte sie, was eigentlich geschehen war: Es hatte im Terrarium gebrannt. Alles war völlig schwarz, verrußt, die ultimative Katastrophe. Und wo war George?

Hannes war inzwischen auch zu Hause angekommen und versuchte verzweifelt, Anna zu beruhigen.

»Hannes, ich kann George nicht finden, wo ist er denn? Was ist nur passiert? Wie kann denn das nur sein? Es ist alles kaputt. Wo ist George?« Anna war völlig außer sich. Auch Hannes war völlig verstört. Am Morgen war alles in Ordnung gewesen, und jetzt ein Bild der Verwüstung.

Wenig später kamen auch Günter und Ferdinand an, und gemeinsam betraten sie das Haus. Völlig geschockt durchsuchten sie die Räume, und im Badezimmer fanden sie dann auch George, der erstickt war. Er hatte versucht zu entkommen, und im Bad war bis zum Ende wohl der meiste Sauerstoff gewesen.

»Wisst ihr, es ist zwar kein Trost, aber Gott sei Dank hat es nicht in der Nacht gebrannt, sonst wäret ihr beide vielleicht tot«, meinte Ferdinand.

»Ja, da hast du schon recht, aber es ist alles kaputt. Wo sollen wir jetzt hin? Denn hier können wir nicht wohnen. Ich muss das der Vermieterin sagen, das wird eine Menge Unannehmlichkeiten geben.«

»Ihr kommt mit zu uns, und für alles andere werden wir eine Lösung finden!«, bestimmte Ferdinand. Hannes musste zurück zur Arbeit, und Anna fuhr mit Ferdinand mit.

Vera erwartete sie schon, um sie zu trösten.

Am Abend, als Hannes kam, hatte Anna sich schon etwas beruhigt und sehnte sich nur mehr nach seiner Berührung und Nähe.

Doch auch Hannes war tief betroffen, denn er gab sich die Schuld an dem Brand, weil er am Tag zuvor darauf bestanden hatte, einen Zimmerbrunnen in das Terrarium zu stellen.

»Es ist doch nicht deine Schuld, das war Schicksal«, tröstete Anna Hannes. »So etwas kann passieren. Wir beide hätten auch schlafen können, dann wären wir gestorben. Wir leben, wir haben einander, und gemeinsam schaffen wir alles. Es ist nur sehr traurig, dass die Tiere alle gestorben sind, alles andere sind nur Sachen, die kann man ersetzen. Ich liebe dich!«

In den darauf folgenden Wochen bestätigte sich Annas Befürchtung: Es gab jede Menge Unannehmlichkeiten nach dem Brand.

Zuerst ließ sich die Beziehung zu Hannes in der Arbeit nicht mehr geheim halten, obwohl es keine Missbilligung hervorrief. Und es gab mit den Vermietern wegen der Renovierung nach dem Brand sehr viel Ärger und große finanzielle Belastungen, da Anna wohl die Hausratsversicherung an die Vermieter bezahlt hatte, doch diese Anna nicht als Mieterin angegeben hatten. Die Belastung betrug fast eine halbe Million Schilling, und das war ein ordentlicher Brocken.

Doch Anna und Hannes ließen sich nicht unterkriegen, und obwohl sie drei Monate in dem einen kleinen Zimmer, das vom Brand nicht betroffen war, wohnten, lebten sie in Liebe und Harmonie eine wunderbare Beziehung. Eine eigene kleine Welt der Liebenden.

Neue Erfahrungen

»Reiki, was ist denn das?«, fragte Anna Angelika, eine Kollegin. »Davon habe ich noch nie gehört.«

»Nun ja, das ist Arbeiten mit der universellen Lebensenergie und eine Philosophie«, erklärte Angelika.

Bei Anna war die Neugierde geweckt, sie hatte mit Energiearbeit schon Erfahrung gemacht und war esoterischen Themen gegenüber aufgeschlossen. Sie hatte bei Angelika eine Veränderung entdeckt und sie darauf angesprochen. Das war also die Antwort. Wenn Reiki so positive Veränderungen bewirken konnte, dann war es sicher wert, mehr Informationen einzuholen und vielleicht ein Seminar zu besuchen.

»Sag, hast du die Veränderung an Angelika auch bemerkt? Ich habe sie heute gefragt, und sie hat erzählt, sie macht Reiki. Ich habe im Internet ein bisschen nachgelesen und würde gerne ein Seminar besuchen. Wollen wir das gemeinsam machen? Ich habe eine Adresse im Waldviertel von Angelika bekommen.«

»Ja, warum nicht? Ist mal etwas anderes«, meinte Hannes mit mildem Interesse.

Anna vereinbarte einen Termin, und an einem nebligen Morgen im November fuhren sie zu ihrem Seminar.

Das Waldviertel war an sich ein mystischer Ort, der Anna immer schon sehr angesprochen hatte, und auch wenn es regnete, genoss sie die Fahrt durch die traumhaft schöne Landschaft.

Allein die Energie in diesem Teil Österreichs war so fantastisch, die Regentropfen auf dem bunten Herbstlaub und die Anwesenheit von Hannes.

Es war ein sehr schöner Tag, voll schöner Energie und überraschender

Erkenntnisse, der Annas Leben veränderte durch das Geschenk, das Reiki ist.

Auf der Heimfahrt führten Anna und Hannes angeregt ein Gespräch über das Seminar und die Auswirkungen auf ihr Leben, und Anna bemerkte, dass Hannes wohl an manchen Dingen Zweifel hegte, so wie die Existenz der Engel oder spiritueller Begleiter, ganz zu schweigen von Elfen und anderen magischen Wesen.

Anna hingegen glaubte, dass an allen Geschichten und Mythen etwas Wahres war.

»Lustig war es, als wir ankamen«, meinte Hannes.

»Ja, da hast du recht. Angelika hatte angerufen und gesagt, die Chefin und ihr Freund kommen, das hat wohl eine andere Vorstellung bei den beiden bewirkt. Unter Chefin stellen sich die meisten Menschen wohl Matronen im mittleren Alter vor. Und das bin ich gewiss nicht.«

»Nein, ganz sicher nicht, noch dazu schaust du jünger aus. Die Meisterin, die Grete, hat das dann ja auch gesagt«, neckte Hannes Anna. »Mir war das dann nur zu viel, als sie über Geister und Kobolde angefangen hat, oder glaubst du das?«

»Nun, ich denke, dass in jeder Geschichte ein Körnchen Wahrheit steckt, und ansonsten finde ich, dass wir sehr viel erfahren und gelernt haben heute«, erwiderte Anna. »Mir hat es wirklich gut gefallen, und sich für sich selbst Zeit zu nehmen und sich mit schöner Energie zu verwöhnen, das gefällt mir. Und bei den Einstimmungen war die Energie, die Schwingungen, wirklich sehr erhebend und schön.«

»Ja, das stimmt«, antwortete Hannes.

Später am Abend, als Anna und Hannes sich liebten, bemerkte Anna, dass ihre Sensibilität durch die Energie des Seminars noch höher geworden war. Sie empfand die Sinnlichkeit und Leidenschaft noch intensiver, war sich des Einsseins mit Hannes, seiner Gefühle noch mehr bewusst. Diese Umarmung, das Verschmelzen von Körper und Seelen. Anna genoss die Wellen des Glücks, die sie durchströmten, und dankte Gott für diese Liebe.

Der Traum

»Lady Arin, ihr habt Besuch, eure Tochter Joanna ist hier.«

Freude durchströmte Arin, diese Tochter war die einzige von allen ihren insgesamt sieben Kindern, die zu ihr kam, die Jüngste, und jetzt am Ende ihres Lebens wollte sie ihre Geschichte erzählen. Bevor sie starb, wollte sie Joanna erzählen, welchen großen Fehler sie gemacht hatte in ihrem Stolz und Hochmut. Dann konnte sie in Frieden in die Ewigkeit gehen und auf die Wiedergeburt und Wiedervereinigung mit ihrem Geliebten warten.

»Mutter, ich grüße dich. Du siehst müde aus und auch nicht wohl. Was ist mit dir?«, wollte Joanna wissen.

»Tochter, ich bin alt und werde bald von diesem Leben befreit und deinen Vater wiedersehen. Lass uns in den Garten gehen, diese Klostermauern sind zugig und kalt. Ich möchte dir gerne etwas erzählen. Von Schuld, die ich auf mich geladen habe in meinem grenzenlosen Hochmut.«

Joanna half ihrer Mutter, sich zu erheben, und begleitete sie in den Garten. Der Kräutergarten des Klosters verströmte betörenden Duft in der Sonne des Tages.

Arin hatte ihn angelegt, sogar ihre geliebten Damaszenerrosen hatte sie hier angepflanzt.

»Joanna, du Tochter meines Herzens, ich will, dass du mich anhörst und daraus lernst.

Als junges Mädchen war ich sehr hübsch, hochgeboren und wollte sehr hoch hinaus. Durch die Position meiner Eltern hoffte ich sogar auf Verbesserung in der Gesellschaft, doch meine Eltern wollten die Ländereien vergrößern und wählten den Sohn sehr reicher Gutsbesitzer, der im Rang unter mir stand, als Ehemann für mich aus.

Ich habe getobt, mich gewehrt, doch es nützte nichts. Die Vermählung fand statt.

Mir passierte das, mir, der Lady Arin, und so wollte ich den Mann büßen lassen. Ich war 20 Jahre lang die Frau deines Vaters, 20 Jahre hochmütig und stolz.

Er ist gestorben, ohne zu wissen, was ich in Wahrheit für ihn empfunden habe.

Nach der Vermählung, in unserer Hochzeitsnacht, entdeckte ich wahres Glück. Es war, als würde ich diesen Mann schon immer kennen, seine Gefühle wahrnehmen. Wir waren eins, Körper, Seele und Geist verschmolzen, wir hatten uns wiedergefunden.

Und obwohl ich ihn liebte, mit meinem ganzen Herzen und meiner ganzen Seele, blieb ich all die Jahre kalt, stolz und unnahbar. Ich habe euch geboren und war die Lady im Haus, und doch habe ich den Mann, den ich über alles liebte, mit Kälte und Hochmut bestraft.

Dein Vater hat mich immer nur mit der allergrößten Liebe und Wertschätzung behandelt, mich geliebt und es mir auch gezeigt.

Nur nachts in unserem Gemach, im Dunkeln, schenkte ich mich ganz.

Und dann ist er plötzlich getötet worden, und ich lebe seit diesem Tag im Kloster, mit meiner unendlichen Schuld. Durch meinen Stolz habe ich ihm, den ich doch über alles liebte, 20 Jahre Schmerz zugefügt.

Seit ich hier bin, trauere ich und versuche Buße zu tun, doch ich fürchte, ich werde im nächsten Leben den Preis dafür bezahlen.«

Joanna saß wie betäubt da. »Deswegen war Vater oft so traurig?«

»Ja, meine Tochter, das war der Grund. Ich hatte nicht gedacht, dass er so plötzlich sterben müsste, und so habe ich meine Chance vertan, ihm zu sagen, wie sehr ich ihn liebte. Wie sehr ich ihn vermisste, wenn er nicht da war, wir sehr ich ihn brauchte, dass ich nur ein halber Mensch war ohne ihn.

Es ist gut, dass mein Leben dem Ende zugeht, denn ich bin schon zu lange ohne ihn. Ich hoffe, ihn in einem anderen Leben wiederzufinden und meine Schuld gutmachen zu können. Ich wünsche dir, dass du auch eine solche Liebe findest.

Nun bin ich müde, lass uns hineingehen.«

Arin starb ein paar Tage später und wurde im Beisein der Schwestern und ihrer Herzenstochter Joanna beigesetzt.

Joanna pflanzte auf das Grab ihrer Mutter eine rote Damaszenerrose, damit Arin auch noch nach dem Tod Freude daran haben konnte.

***

Anna erwachte. Dieser Traum war so real gewesen, sie war diese Lady gewesen, sie konnte die Trauer, Reue und den unermesslichen Schmerz dieser Frau fühlen. Und auch die Erleichterung und das friedvolle Sterben, dann Schweben im Nichts und ein helles Licht, Wärme und liebevolle Energie vieler Seelen.

Und dann die Erkenntnis: Sie war diese Frau gewesen vor so vielen Jahren, und der Mann, ihr Ehemann, war jetzt auch in ihrem Leben: Hannes!

Ihr Mann!

Ja, das war er auch ohne Urkunde, schon seit dem ersten Tag der Beziehung. Das erklärte auch die Schuldgefühle. Doch warum hatte sie solche Angst, ihn zu verlieren?

Mehr Reiki

Februar 2001

Anna räkelte sich gemütlich in Hannes' Armen und drehte sich langsam zu ihm. Ein zärtliches Lächeln lag auf seinem Gesicht und sie versanken in einer Umarmung ihrer Liebe und Leidenschaft. Es war ein wunderbarer Morgen voller Freude, Zärtlichkeit und Verspieltheit, eingehüllt in ihre Liebe.

»Hannes, ich würde gerne den 2. Reiki-Grad machen. Nach all den Büchern, die ich gelesen habe, habe ich das Gefühl, dass jetzt der richtige Zeitpunkt ist. Was meinst du?«

»Ja, wenn du das gerne machen willst, sehr gerne.«

»Dann werde ich später anrufen und einen Termin machen.«

Wieder ein nebelverhangener Tag mit Regen für die Fahrt ins Waldviertel, und wieder wunderschöne Energie, Mystik und Magie. Dieses Seminar beeindruckte dann auch Hannes, denn die Kraft der Gedanken, das Wesen durch Zeit und Raum zu heilen, die Gesetze der Metaphysik und dass unsere Gedanken die Realität erschaffen. Dazu die hohe, reine energetische Schwingung der Reiki Energie und die stimmungsvolle Atmosphäre der Einweihungen.

Bei der Heimfahrt waren Hannes und Anna still, so sehr wirkte das Seminar. Und beide dachten nach über die unendlichen Möglichkeiten, Gutes zu wirken. Es war fast so, als wäre ihnen ihre Bestimmung vor Augen geführt worden: Heilen zum höchsten Wohle aller.

Mai 2001

»Hallo Mama, ich habe Neuigkeiten für dich«, platzte Jenny heraus, gleich nachdem sie durch die Türe kam. »Bert und ich haben uns verlobt und werden nächstes Jahr im Mai heiraten!«

»Jenny, Mäuschen, das ist ja ganz wunderbar. Herzlichen Glückwunsch!«, strahlte Anna ihre Tochter an.

Die beiden jungen Leute lebten so schön zusammen, Jenny war eine liebevolle Frau und führte ihren Haushalt gut. Anna hatte ein gutes Gefühl und freute sich, dass ihrer Jenny die schweren Jahre erspart bleiben würden, die sie erlebt hatte, bevor sie Hannes begegnet war.

»Jenny, schau, wir sind endlich fertig mit dem Einrichten nach der Renovierung«, sagte Anna und führte Jenny ins Wohnzimmer.

Die neuen Möbel waren Kiefer antik mit weißen Fronten, das Sofa grün und in der Mitte des Raumes platziert ein bunter Gabbeh-Teppich als Blickfang. Bunte Kelim-Kissen und Vorhänge in roten Farben und Erdtönen.

Ein harmonisches, lebendiges Zimmer.»Mama, das ist wunderschön geworden. Du bist sicher froh, dass ihr wieder Wohnqualität habt nach all den Monaten.«

»Oh ja, ich kann dir gar nicht sagen, wie schön das ist. Wieder in einem richtigen Bett schlafen und nicht mehr auf dem Gästesofa, einfach herrlich. Und im Garten sind wir auch schon dabei, Beete anzulegen, du kennst ja Hannes, der macht das doch so gerne, und mir macht es auch großen Spaß.«

Es hatte nach dem Brand Monate gedauert, bis alle Arbeiten abgeschlossen waren, und die Heizung war immer noch nicht fertig. Es hatte eine Menge Ärger mit den Vermietern gegeben, denn sie ließen die Renovierung privat vornehmen, um sich Geld zu sparen.

Anna und Hannes hatten neue Möbel gebraucht, angefangen von der Küche bis zum Wohnzimmer. Das hatte eine Menge Geld verschlungen, und mit den Finanzen stand es ziemlich schlecht. Sie hatten auch Kleidung, ja einfach alles neu anschaffen müssen, denn der Russ hatte sich als sehr zerstörerisch erwiesen. Alles war kaputt gewesen, die Stereoanlage, der Fernseher bis hin zum Computer – alles im Wert von mehr als einer halben Million Schilling.

Hannes kam nach Hause und hielt einen Brief in der Hand.

»Anna, ich muss zu einer Milizübung.«

»Wann denn und wie lange?«, wollte Anna wissen.

»In drei Wochen und nur für drei Tage. Du weißt ja, dass ich nur sechs Monate Grundwehrdienst gemacht habe, und das ist meine erste Übung seitdem.«

»Weißt du, das wird seltsam für mich sein. Wir sind seit eineinhalb Jahren jeden Tag zusammen, zu Hause und auch in der Arbeit. Ich werde dich schrecklich vermissen«, antwortete Anna.

»Ja, ich dich auch. Doch wir sind ja immer mental verbunden und können uns fühlen.«

»Du hast recht, Hannes, immer nur einen Gedanken entfernt. Ich liebe dich.« Anna umarmte Hannes und genoss diese mentale Verbindung, die durch Berührung verstärkt wurde.

Je länger sie zusammen waren, umso intensiver und tiefer wurde diese Verbundenheit, ein wunderschönes Gefühl der Einheit. Anna genoss diesen Moment der Vertrautheit. Wie glücklich war sie doch mit Hannes!

Die Übung war schnell vorbei, und Hannes kam völlig begeistert nach Hause. Er hatte wirklich Spaß gehabt. Und er brachte eine Idee mit, um die finanzielle Situation möglicherweise zu verbessern.

Es gab die Möglichkeit für Auslandseinsatz mit dem Bundesheer, sehr gut bezahlt. Ferdinand war begeistert, denn er hatte auch so einen Einsatz am Golan gemacht, bevor er Vera geheiratet hatte.

Doch die Idee wurde dann doch wieder auf Eis gelegt. Anna konnte sich so eine lange Trennung nicht vorstellen, ein halbes Jahr war viel zu lang.

Meisterweg

26. August 2001

Diesmal war es ein schöner Sommertag, als Hannes und Anna wieder zum Reiki-Seminar fuhren, strahlender Sonnenschein, tiefblauer Himmel und die traumhafte, wildromantische Umgebung im nördlichen Waldviertel.

Ein Tag reich an Erkenntnissen, unglaubliche hohe Energie und der Beginn eines langen Weges, um irgendwann vielleicht Meisterschaft zu erlangen durch göttliche, reine, bedingungslose Liebe.

Anna sollte erst sehr viel später erkennen, warum sie diese Seminare gemacht hatte. Doch an diesem Tag sollte nichts ihr Glück und ihre Liebe trüben. Zu erkennen, dass wir alle göttlich sind und dass durch göttliche Liebe der Weg gegangen werden muss.

Erst Jahre später wurde sie von einer anderen Meisterin an diesen Tag erinnert und an den Weg.

»Hannes, alles, was wir heute so gehört haben, ist, um einen Vergleich zu machen, denke ich so. Wir sind wie Milch, und der Weg der Meisterschaft ist dann der Weg, Käse zu werden, da durchläuft man viele Stufen, bis man ein wirklich guter, reifer Käse ist.«

»Also wirklich, du hast schon manchmal witzige Vergleiche, doch es stimmt irgendwie«, amüsierte sich Hannes.

»Ja, doch, das trifft es doch ganz gut«, lachte Anna.

Anna war von diesem Tag zutiefst berührt, das hatte eine Saite in ihr zum Klingen gebracht, und es waren viele Anregungen für das Leben und so tiefe Weisheit in Reiki, die Erkenntnis, dass alles Energie ist, Licht und Liebe.

Anna erkannte auch, dass sie mit ihren Ängsten und Schuldgefühlen viel Arbeit vor sich hatte auf diesem Weg, bis sie Licht denken konnte, Liebe denken konnte, um darin eingehüllt zu werden, Vertrauen zu haben, um nicht enttäuscht zu werden, Leichtigkeit zu denken und immer Fülle zu empfangen, denn die Fülle war im Überfluss vorhanden in jedem Augenblick.

Doch sie machte einen Glaubenssprung und öffnete Hannes vollkommen ihr Herz und ihre Seele, in Liebe und Vertrauen, zum ersten Mal in ihrem Leben liebte und vertraute sie bedingungslos.

Vergangene Leben

Sie waren eng umschlungen, tief verbunden, Erlösung ließ Anna und Hannes mit dem Universum verschmelzen und eins werden.

»Liebster, wenn wir das öfter machen, werden wir wirklich zu den Sternen fliegen, das war so intensiv. Ich liebe dich so sehr, dass es fast schmerzt, so schön ist es.«

»Anna, mir geht es auch so, ich wusste früher nicht, dass es so etwas gibt. Ich liebe dich auch.«

Später, Hannes war schon eingeschlafen, betrachtete sie ihn mit liebevollem Blick. Sie liebte es, ihn schlafen zu sehen, so entspannt und gelöst. Sie wollte all das in sich aufnehmen, alle Aspekte seiner Persönlichkeit.

Und Angst regte sich wieder einmal, Angst, ihn zu verlieren, Angst, nicht gut genug zu sein, Angst vor Verletzung. Sie erinnerte sich an ihre Vision, das Gefühl der Verletzung, und erschauderte.

***

Malta, 1500 v. Chr.

Es war Nacht, Rihanna hörte den Regen und das Brechen der Wellen an den Basaltfelsen. Morgen würde ihr Mann, ihre Liebe, in die Ferne ziehen und sie in der Ungewissheit zurücklassen, ob er jemals wieder zu ihr zurückkehren würde. Vermutlich nicht.

Doch sie hatten beide gewusst, dass es so weit kommen könnte, und sich trotzdem für ihre spirituelle Arbeit und das Heilen entschieden, und jetzt wurde ihr Geliebter gerufen. Sie hatten beide ihre Eide geleistet.

Seufzend erhob sie sich, die beiden Wolfshunde vor dem Kamin schauten kurz auf, doch sie waren daran gewöhnt, dass sie durchs Gemach wanderte.

Seit Tagen quälten sie düstere Vorahnungen und Bilder.

Mikal musste gehen, er musste so wie sie dem Volke dienen, er war gerufen worden und musste seine Pflicht erfüllen.

Doch es war nicht gerecht, sie hatten nur so wenig Zeit zusammen gehabt, noch nicht einmal Kinder, und schon wurde er gerufen, in ein entferntes Land. Und er musste dem Ruf folgen und die Aufgabe erfüllen, so wie sie nicht mit ihm gehen konnte, weil ihre Pflicht hier lag.

Schritte ertönten vor dem Gemach und ihr Mann trat ein. Wie sehr sie ihn liebte, seine Augen, seinen Mund, den Geruch seiner Haut und die Berührung seiner Hände.

Für eine Weile herrschte Schweigen zwischen ihnen.

Draußen rauschte der Regen und der Duft feuchten Grases wehte ins Gemach.

»Rihanna, ich liebe dich seit dem Tag, als du in mein Leben getreten bist, und doch blieb uns nur so kurze Zeit. Zu kurz, als dass unsere Liebe zu Vollendung hätte reifen können. Ich habe keine Worte, um auszudrücken, wie groß meine Liebe zu dir ist. Doch ich muss meine Aufgabe annehmen.

Ich weiß dass mein Leben unerträglich sein wird, wenn ich nicht in deiner Nähe sein kann, deine Stimme nicht hören kann. Mein Herz wird sich immer nach dir sehnen.

Ich liebe dich beinahe zu sehr für dieses Leben, ich hoffe, unser Opfer wird dem höheren Wohl dienen.«

Rihanna zog ihn an sich. »Du weißt, dass ich dich in der gleichen Art liebe, für immer und ewig, das sind wir.«

Ihre Lippen trafen sich und sie hüllte sich und ihren Mann in ihr langes rotes Haar und sie vereinten sich in wahrer Liebe, Seelen und Körper, Einheit, bis der Morgen anbrach.

Dann war er da, der Tag des Abschieds. Rihanna kleidete sich mit großer Sorgfalt, denn dieses Bild sollte für immer vor seinem Auge und in seinem Herzen sein.

Der Abschied war kurz, auf der Festungsmauer, und dann ging er zum Schiff. Und zurück blieb sie, Rihanna, als einsame Wächterin und Heilerin für ihr gesamtes Leben. Jeden Tag hielt sie Ausschau nach weißen Segeln, die ihr den Liebsten zurückbringen sollten.

Und als ihr Leben zu Ende war, vertraute sie darauf, dass sie durch das Band der Liebe im Rad des Schicksals wieder zusammengeführt werden würden, um ihre Verbindung zu erneuern und ihre Aufgabe zu erfüllen.

***

Wieder einmal ein Traum oder eine Reminiszenz aus einem vergangenen Leben, und Anna erwachte verwirrt.

Hannes war nicht da, er hatte Nachtdienst.

Was hatte das alles zu bedeuten? Waren das Botschaften oder Warnungen? Anna grübelte vor sich hin.

»Irgendwann muss ich zu einem Rückführungstherapeuten gehen, vielleicht kann mir ein Profi bei der Deutung dieser Träume helfen und auch helfen, meine Angst zu verstehen«, dachte Anna bei sich.

Herbst 2001

»Hannes, du glaubst es nicht, die Vermieter bauen endlich eine Heizung ein. Ich hatte schon befürchtet, wir müssen noch einen Winter frieren«, rief Anna in den Raum, den sie Büro nannten. Dort waren der Computer und die Ordner, Dokumente und anderes, außerdem nutzten sie den Raum noch als Gästezimmer und hatten sich auch eine Meditationsecke eingerichtet.

»Das wird schon höchste Zeit. Fragst du dann auch gleich wegen der Verlängerung des Mietvertrages?«

»Ja, ganz gewiss, denn ich will nicht übersiedeln, ich bin schon zu oft umgezogen. Am liebsten wäre mir, wir könnten das Haus kaufen, doch leider sind wir durch den Brand so belastet, dass das nicht möglich sein wird«, kam Annas resignierte Antwort.

»Du wirst sehen, mein Herz, wir werden ein eigenes Haus haben, irgendwann. Am liebsten wäre mir ein Bauernhof, da könnten wir dann auch Tiere halten. Wir müssen es uns nur gut vorstellen, dann kommt es auch so.«

»Ja, du hast recht, wir müssen uns die Zukunft nur vorstellen und daran glauben.«

Einige Tage später kamen die Vermieter und endlich, beinahe ein Jahr nach dem unseligen Brand, gab es wieder eine Heizung im Haus. Keinen Tag zu früh, denn es war draußen schon empfindlich frisch.

Anna und Hannes beobachteten jedes Mal mit grausiger Faszination, wie respektlos und lieblos diese Leute miteinander sprachen und umgingen. Das war jenseits ihres Verständnisses, denn sie pflegten einen liebevollen und wertschätzenden Umgang miteinander und mit anderen Menschen.

Nachdem die Vermieter gegangen waren, herrschten endlich wieder Stille und Harmonie im Haus. Hannes und Anna reinigten die Energie im Haus und harmonisierten alle Räume, denn so liebloser Umgang hatte auch niedrige Schwingungen zur Folge.

14. Oktober 2001

Es war der zweite Jahrestag ihrer Beziehung, und Anna konnte immer noch nicht glauben, wie glücklich sie war, wie sehr sie liebte und wiedergeliebt wurde. Ihre Beziehung wurde immer schöner, von liebevollem Miteinander geprägt.

Das einzige Haar in der Suppe ihres Lebens war die Arbeit, genaugenommen ihre Vorgesetzte. Diese Frau war einfach so geltungssüchtig und schwierig. Sie machte Annas Leben schwer.

Die Überlegungen waren schon da gewesen, wieder in ein Krankenhaus zurückzugehen, doch es war eine schöne Sache, nicht nach Wien oder woanders hinfahren zu müssen. Anna war lange genug nach Wien gefahren. Und der Direktor des Heimes hatte sich dann dieses Konfliktes angenommen, und so lief es wieder etwas besser.

Anna wollte diesen Jahrestag besonders schön gestalten, ein Fest der Liebe daraus machen. Als Hannes nach Hause kam, erwartete sie ihn schon im Bademantel, das warme duftende Badewasser war schon eingelassen, das Bad mit vielen Kerzen geschmückt, Sekt im Kühler.

»Komm, mein Lieber, ich möchte dich verwöhnen«, lockte Anna.

Langsam zog er sich aus und ließ sich ins Wasser gleiten. Anna nahm ihm gegenüber Platz. »Prost, auf die letzten beiden Jahre und die vielen, die noch folgen sollen. Ich liebe dich!«

»Ich liebe dich auch!«

Er beugte sich nach vorn, um sanft ihren Hals zu küssen und an den Ohren zu knabbern. Anna spürte seine Gefühle über ihre starke mentale Verbindung.

Anna sah, wie Hannes immer näher kam, um sie zu küssen, und dann waren seine Lippen auf ihren, zärtlich und doch leidenschaftlich. Die Erregung, die er empfand, übertrug sich auf Anna.

Hannes hob Anna aus der Wanne und hüllte sie in ein großes Badetuch und trug sie zum Bett. Feuchte Haut auf feuchter Haut, leidenschaftliche Küsse, erforschen. Leidenschaft, Vereinigung, vollkommene Erfüllung in jeder Pore ihrer Körper und jedem Winkel ihrer Seelen.

»Ich finde es jedes Mal erstaunlich, wenn wir Liebe machen – es ist vollkommene Erfüllung, als wären wir eins«, wunderte sich Anna.

»Es ist, als wären wir füreinander gemacht«, sinnierte Hannes.

Am Abend genossen die beiden ein romantisches Dinner im Restaurant eines Bekannten. Vier Gänge delikates Essen, nette Unterhaltung, sehr guter Wein. Ein romantischer Abend zur Feier des Tages.

Intrigen, Mobbing und andere Unannehmlichkeiten

März 2002

In den vergangenen Monaten war es in der Arbeit nicht so wirklich gut gelaufen. Der Machtkampf, den Annas Vorgesetzte betrieb, kostete Anna sehr viel Kraft, und jetzt ging es auf die persönliche Ebene: Sie griff Anna über Hannes an.

Die Beziehung wurde zum Thema gemacht und bescherte nur unangenehme Situationen. Die Belastung machte sich auch in der sonst so harmonischen Beziehung bemerkbar. Anna war gereizt, Hannes war entnervt. Sogar das Coaching für Führungskräfte brachte noch mehr Konflikte, als dass es zu einer Entspannung gekommen wäre.

Anna und Hannes hatten das Gefühl, dass es darauf hinauslief, einen von ihnen hinauszuekeln.

Ansonsten lebten sie in einer tief harmonischen, glücklichen Beziehung. Das einzig Störende waren finanzielle Engpässe und die Sorge, ob der Mietvertrag verlängert werden würde.

Doch zumindest was den Mietvertrag betraf, kam die gute Nachricht: ja, Verlängerung für weitere drei Jahre.

Ein Schritt auf dem Weg

Anna war ein sehr methodischer Mensch und wollte immer alle Dinge auch zu Ende bringen, und so entschloss sie sich, auch die Lehrer-Unterweisung zu machen um selber Reiki-Lehrer zu werden.

Und sie fand auch einen Meister und bekam die Unterweisung zum Lehrer. Sie hatte nicht vor, sofort Seminare zu halten, denn sie wollte noch an sich selbst arbeiten, doch sie hatte ein Stück auf dem Weg vollendet.

Anna nahm sich auch jeden Tag ein wenig Zeit, um zu studieren oder zu meditieren, um weitere Erkenntnisse zu erlangen.

Hannes wollte sich nicht anschließen, doch das war seine Entscheidung, obwohl Anna ihr Wissen gerne geteilt und gemeinsam gelebt hätte. Aber es war ihr auch bewusst, dass sich nichts erzwingen ließe.

Eine Traumhochzeit

Da war nun still und leise gekommen: der Tag, an dem Jenny und Bert heiraten würden. Was für ein wunderbarer Tag!

Das Wetter war zwar leider nicht ganz traumhaft, doch kein Regen. Ein milder Tag im Mai.

Und Jenny war eine entzückende Braut, sie trug die Haare rot gefärbt, doch das stand ihr wirklich gut. Cora, die Schwester von Hannes und Bert, arbeitete bei einem Friseur, und Jenny ließ sich eine zauberhafte Aufsteckfrisur machen. Das Kleid war eierschalenfarben und einfach elegant.

Auch der Bräutigam Bert sah zum Anbeißen gut aus.

Anna war so stolz auf ihre Tochter. Und Hannes war der Trauzeuge seines Bruders.

Das anschließende Fest war stilvoll, das Essen hervorragend und alle hatten Spaß.

Jenny und Bert allerdings nicht, als sie nach Hause kamen, denn die Cousins hatten ihnen einen Streich gespielt und die Wohnung umdekoriert. Jenny war ziemlich wütend.

Anna konnte das verstehen, denn sie wäre auch wütend geworden, wenn jemand die Wohnung verwüstet hätte.

»Jenny war so eine hübsche Braut«, schwärmte Anna. In ihrem Inneren war sie ein klein wenig neidisch, dass ihre Tochter heiraten konnte, während sie und Hannes das nicht konnten, da sie denselben Arbeitsplatz hatten und ihre Beziehung ohnehin schon ein Stein des Anstoßes war.

Wieder vergingen einige Wochen, und der einzige Störfaktor, die einzige Belastung der Beziehung war der Job.

Die persönlichen Angriffe wurden immer mehr. Hannes, inzwischen auch in leitender Position, hatte schon langsam die Nase voll davon, dass er und Anna immer nur ausgenutzt wurden.

Wenn es kreative Lösungen brauchte, dann bekamen diese Aufgabe immer Anna und Hannes, und am besten sollte das Ergebnis schon gestern fertig sein.

Und sonst bezichtigte man das Paar, gemeinsam gegen alle anderen zu arbeiten.

Und genau das führte auch zu Anspannungen zwischen Hannes und Anna, denn im Gegensatz zu den vergangenen Jahren wurde die Arbeit, das Pflegeheim, immer mehr zum Thema in ihrem Privatleben, und so wurde es schwer, Arbeit und Privates zu trennen.

Bei all dem Stress fehlte es auch an der nötigen Entspannung für Meditation und Energiearbeit, denn beide standen andauernd unter Druck, andauernd in Verteidigungshaltung.

Anna hatte auch das Gefühl von drohendem Unheil, und sie träumte von Unglück und Gefahr. Immer wieder sprach sie das Hannes gegenüber auch an, bis er ärgerlich wurde. Ihre Vorgesetzte ließ keine Gelegenheit aus, die beiden gegeneinander auszuspielen, und benutzte immer wieder Hannes, um Anna zu treffen.

Die Macht der Natur

Was für ein anstrengender Tag war das gewesen, und er war noch nicht zu Ende, denn ein Teamgespräch stand für Anna noch auf dem Programm.

Ein normaler Tag auf der Station, nachmittags ein Ausflug mit den Bewohnern. Leider gab es heftige Gewitter, Hannes und Anna wurden bis auf die Haut nass. Das Teamgespräch verlief friedlich und konstruktiv, und anschließend gingen einige Kollegen mit Anna und Hannes gegenüber in ein Pub, um eine Kleinigkeit zu essen und zu plaudern.

Gegen halb zwölf, mitten im Aufbruch nach Hause, läutete Annas Mobiltelefon. Es war die Nachtdienstschwester: »Anna, die Feuerwehr war gerade hier, es kommt eine Flutwelle das Tal runter und ist in 20 Minuten da.«

Anna erstarrte! Dann lief sie los, Hannes rannte hinter ihr her, den Gesichtsausdruck kannte er, da war eine Katastrophe im Anmarsch.

Auf der Station angekommen, ergriff Anna das Ruder. Sie teilte alle im Haus anwesenden Mitarbeiter zur Evakuierung ein, dann griff sie sich das Telefon und rief ihre Mitarbeiter an, einen nach dem anderen.

Sie und Hannes funktionierten perfekt in dieser Krisensituation, denn sie wussten genau um die Stärken des anderen. Jeder machte, was er am besten konnte.

Und so schafften sie es gemeinsam, innerhalb von 25 Minuten alle Heimbewohner in die oberen Stockwerke zu bringen. Es blieb sogar noch genug Zeit, alle Computer und Akten in den Büros zu sichern und medizinische Güter nach oben zu bringen. Auch an Frühstück für alle wurde gedacht.

Gegen drei Uhr morgens kam dann die Flutwelle und das Erdgeschoss wurde 30 Zentimeter hoch mit Wasser überflutet. So weit war alles gut, abgesehen vom Sachschaden.

Nur eine Kleinigkeit war vergessen worden: Es hatte keiner daran gedacht, Annas direkte Vorgesetzte zu verständigen. Das tat der Direktor erst in den frühen Morgenstunden.

»Das gibt noch Probleme«, dachte Anna bei sich, als sie am frühen Vormittag müde ins Bett krochen. Und sie hatte recht.

Das war dem Geltungsbedürfnis der Direktorin zuwider, sie stand nicht im Mittelpunkt und es wurde Annas Organisationstalent gelobt, nicht ihres. Dabei war Anna doch nur gerade in der Nähe gewesen und ihre Mitarbeiter riefen immer sie an. Sie hatte nur getan, was nötig war und was sie am besten konnte. Und doch blieb es ihrer Vorgesetzten ein Dorn im Auge.

Mit weit reichenden Konsequenzen.

Der Sachschaden war beträchtlich, und die Reinigung und die Trockenlegungsarbeiten mit allen Unannehmlichkeiten führten dazu, dass bald die Nerven aller Mitarbeiter und Bewohner blank lagen.

Und der Machtkampf wurde heftiger , unangenehmer und persönlicher.

Zu alldem kam noch hinzu, dass, obwohl es eine mündliche Zusage über die Verlängerung des Mietvertrages gab, das Haus verkauft wurde und die neuen Besitzer Eigenbedarf geltend machten. Sie mussten rasch ausziehen.

1. Juli 2002

»Hannes, das macht mich ganz verrückt. Wie sollen wir so schnell ein anderes Haus finden? Das Ganze macht mir Angst. Zuerst der Brand, dann all die Schwierigkeiten – langsam geht das über meine Kraft«, seufzte Anna

»Ach, Herzi, wir haben uns, bis jetzt haben wir alles geschafft, das kriegen wir auch noch hin«, tröstete Hannes seine Anna.

»Ich muss morgen im Büro nachschauen, ich glaube, ich habe noch die Nummer einer Maklerin, die auch Miethäuser vermittelt.«

Am nächsten Tag rief Anna die Maklerin an, und sie hatten Glück. Am Abend konnten sie ein geeignetes Haus ansehen. Das Haus lag ein wenig zentraler, war aber größer und moderner als das Haus, in dem sie jetzt wohnten. Es hatte große, helle Räume, einen wunderschönen Balkon im ersten Stock und zwei Terrassen im Garten. Die Miete passte auch ins Budget.

Am späten Abend bekamen sie dann auch die Zusage und hatten eine Sorge weniger und jede Menge Arbeit, die auf sie zukam.

Und doch, sie hatten großes Glück gehabt, innerhalb von 48 Stunden ein passendes Haus zu finden. Fast schien es, als hätte eine höhere Macht mitgeholfen, so wie vor drei Jahren, als Anna ein Haus für sich und Jenny suchte.

»Es funktioniert doch, wenn man sich mit Vertrauen ans Universum wendet«, dachte Anna bei sich. »Man muss nur darum bitten und man bekommt, was man braucht, oder sogar Besseres.«

Die nächsten Wochen vergingen mit den Arbeiten im neuen Haus. Anna hatte große Freude daran und dekorierte ihr neues Zuhause liebevoll. Hier würden sie die nächsten Jahre leben, und sie wollte ein Heim für sich und Hannes, ein Heim, das behaglich und voller Wärme war.

Sie hatten genug Platz, um ein ganzes Zimmer für Meditation und Energiearbeit einzurichten, einen Platz zum Entspannen, um zu meditieren und Reiki zu praktizieren.

Lebensentscheidungen

»Anna, ich möchte dich auf ein romantisches Wochenende einladen, im Schlosshotel Rosenau. Die Prospekte habe ich hier im Büro, komm doch vorbei«, lautete die E-Mail von Hannes.

Anna ging gleich zu seinem Büro, und da waren sie, die Prospekte.

Zwei Tage in der Rosensuite, mit einem orientalischen Dinner und einem Luxusessen. Sektbegrüßung, Suite mit Badewanne und Whirlpool.

»Danke, das ist eine tolle Idee!«, Jubelte Anna.

»Ich dachte, wir sollten unseren dritten Jahrestag ganz besonders schön verbringen, und hab im Internet geschaut und das hier gefunden.«

Anna nahm an, dass da noch mehr dahintersteckte, und sie freute sich sehr darauf.

Oktober 2002

Sie saßen bei Kerzenschein im Restaurant des Hotels, der Tisch war wunderschön gedeckt mit bunten Tüchern, Damastservietten und Kerzen.

Das Essen war hervorragend gewesen und sie tranken ein Glas Rotwein, als Hannes aufstand, eine Rose nahm und sich vor Anna hinkniete.

»Anna, ich liebe dich über alles, ich möchte mein ganzes Leben mit dir verbringen. Willst du meine Frau werden, willst du mich heiraten?«, fragte Hannes sichtlich nervös und befangen.

Darauf hatte Anna gewartet und ihr Herz eingehend befragt.

»Ja, natürlich will ich deine Frau werden! Ich liebe dich, du und ich, wir sind für einander bestimmt. Ja, ich werde deine Frau!«

Das war der Höhepunkt ihrer Liebe, sie würden endlich heiraten.

Bei der Heimfahrt setzten sie den Termin fest, der 18. Jänner, und besprachen die Einzelheiten.

Auf der Einladung stand:

»Wir haben beschlossen, unser weiteres Leben gemeinsam in Liebe zu leben.«

Nach der Trauung würde es eine Agape geben und am Abend ein Essen mit den engsten Freunden.

Der 18. Jänner war ein klirrend kalter Wintertag, und es wurde der schönste Tag in ihrem Leben. Beide waren sehr nervös, doch als die Trauung vorüber war, strahlten sie.

Der Fotograf hatte Mühe, die Bilder zu machen, denn Hannes und Anna hatten sehr gute Laune und lachten und kicherten ausgelassen.

Endlich waren sie auch offiziell Mann und Frau.

Die Agape wurde zu einem fröhlichen Ereignis, es gab eine Menge Geschenke auszupacken. Lachen und Tanzen, alles inklusive.

Veränderungen

»Mama, ich bin schwanger!«, platzte Jenny die Neuigkeit heraus. »Ende August werden wir ein Baby bekommen!«

Trotz der guten Nachricht, die Anna sehr freute, war sie traurig. Sie selbst wünschte sich schon so lange noch ein Kind, doch trotz Operation war sie leider nicht schwanger geworden.

Doch sie freute sich für Jenny, und die Möglichkeit bestand auch noch für sie. Die Zeit würde es weisen.

Leider hatte die Direktorin endlich einen Grund gefunden, um Anna loszuwerden, und Anna hatte schon gekündigt, als auch Hannes, der Schikanen müde, seinerseits kündigte. Anna hatte in Wien in einer Privatklinik Arbeit gefunden und Hannes begann in der Hauskrankenpflege.

Die nächste Zeit verlief trotz viel Arbeit von Liebe und Harmonie geprägt.

Im Frühling gingen sie daran, den Garten zu gestalten. Hannes legte ein Hügelbeet an und ein Biotop. Viele Pflänzchen wurden vorgezogen, pikiert und gepflegt, damit es im Sommer und Herbst frisches Gemüse geben würde.

Hannes hatte sehr viel Spaß daran, und Anna versuchte ihr Glück mit Chilipflanzen. Die gemeinsame Arbeit im Garten machte sehr viel Spaß, und oft lachten sie ausgelassen wie kleine Kinder.

Hannes schwelgte in Träumen von einem zukünftigen Bauernhaus, Anna wünschte sich Platz für ein Atelier und Platz zum Arbeiten mit Ton.

Und Anna dachte über ihren Kinderwunsch nach. Jetzt hatte sie ihren Seelengefährten gefunden, sie konnte es sich ausmalen. Ein Baby mit Hannes, das würde ihr Glück vollkommen machen.

Der Sommer war sehr heiß, und sie genossen ihre Zweisamkeit, gingen schwimmen und liebten sich. Es war eine sehr glückliche Zeit in ihrer jungen Ehe.

August 2003

»Hannes, wir sollten doch jetzt unseren Kinderwunsch in Angriff nehmen, ich bin jetzt 39 Jahre alt. Lass uns ins Kinderwunschzentrum gehen. Ich habe mit einer Professorin gesprochen, die würde alles für uns vorbereiten. Die Krankenkasse zahlt auch 70 Prozent. Lass uns das machen, ich wünsche mir ein Baby von dir.«

»Ja, du hast recht, es ist halt nur so unnatürlich«, kam es zögerlich von Hannes.

»Schau, auf normalem Weg werde ich nicht schwanger. Ich müsste mich noch einmal operieren lassen, und auch dann ist der Ausgang ungewiss. Wir würden viel Zeit verlieren.«

Hannes willigte ein, wenngleich Anna sehen konnte, dass es nicht seine volle Überzeugung war.

Die nächsten Wochen waren auch unangenehm, täglich Hormone spritzen, zwei Eingriffe in Narkose, und trotzdem waren dann nur zwei Eizellen vorhanden.

Die beiden Embryonen wurden auch implantiert, doch die Schwangerschaft kam nicht zustande.

Tiefe Trauer und Schmerz erfüllten Anna und Hannes, denn sie hatten sich das Baby so sehr gewünscht, doch sie beschlossen, es in einem halben Jahr noch einmal zu versuchen.

Anna durchlief eine Phase schwerer Depression, die sie vor Hannes zu verbergen versuchte, doch er bemerkte es und war unsicher, was er machen sollte. Mit solchen Dingen konnte er nicht umgehen.

Anna hatte auch Angst vor einem erneuten Fehlschlag, dass es nicht klappen würde, dass Hannes enttäuscht wäre und dass er sie verlassen würde, wenn sie kein Kind bekommen würde, denn das war eines seiner Lebensziele, eine Familie, Kinder zu haben.

Angst, Panik und Trauer waren die beherrschenden Gefühle in Anna.

Und darunter litt auch ihre Beziehung. Eine schleichende Entfremdung begann.

Jedes Gespräch, das Anna führen wollte, führte dazu, dass Hannes sich mehr verschloss, und die Harmonie wandelte sich oft in Verspannung.

Der Beginn der Prüfung

Anna hatte einen Job in einem Landkrankenhaus in der Nähe angenommen, nicht genau, was sie eigentlich wollte, doch ehrlich verdientes Geld.

Hannes war sehr unglücklich in der Arbeit, und zum ersten Mal konnte ihnen ihre Liebe und Harmonie nicht helfen.

Beide zogen sich zurück. Anna hatte Angst, nur mehr Angst, und Hannes wurde lethargisch, entzog sich jeglicher Verantwortung und machte nur mehr das Nötigste.

Oft, wenn Anna nach Hause kam und Hannes zuvor gebeten hatte, etwas zu erledigen, hatte er es nicht gemacht, vergessen oder einfach verschlafen.

Anna wurde zunehmend ärgerlicher, alle Verantwortung lag bei ihr, das machte ihr zu schaffen und war ihr oft zu viel. Die Situation zerrte an ihren Nerven. Hannes wurde immer lascher und fauler und Anna durch die Überbelastung immer gereizter.

Sie wusste nicht, wie sie etwas zum Guten ändern sollte. Hannes hatte sich verschlossen wie eine Auster, und ernsthafte Gespräche waren ihm ein Gräuel. Anna hingegen wollte darüber reden und daran arbeiten. Eine verfahrene Situation.

Nur wenn sie sich liebten, war alles in Ordnung. Und so traf Anna basierend auf den Erfahrungen ihres bisherigen Lebens eine Entscheidung.

April 2004

Mit einem Seufzer begann Anna das Gespräch. »Hannes, ich weiß zwar nicht warum, aber zwischen uns stimmt etwas nicht. Wir sind beide nicht glücklich. Ich will auch keine IVF mehr machen. Ich glaube, du solltest dir eine Frau suchen, die Kinder bekommen kann.«

Zuerst sah Hannes erschrocken drein, doch nach einiger Zeit antwortete er: »Ja, das stimmt. Ich fühle mich erleichtert, dass du das ansprichst, es fühlt sich richtig an. Ich weiß auch nicht warum, aber in letzter Zeit hatten wir nicht mehr so viel Harmonie wie früher. Doch wie wollen wir das machen? Wir haben doch so hohe Schulden.«

»Wir können hier gemeinsam leben, das Haus ist groß genug. Wir schauen, dass wir die Schulden abbauen, damit wir beide dann in einigen Jahren ein Leben haben können. Wir werden uns sicher vertragen, und hier ist wirklich reichlich Platz für uns beide.«

»Das ist perfekt, ich gehe auf Auslandseinsatz, da verdiene ich gut, und wenn die Schulden weg sind, lassen wir uns scheiden«, war der Vorschlag von Hannes.

»Ja, damit bin ich einverstanden.«

Und damit war es beschlossene Sache. Anna und Hannes lebten trotzdem in großer Harmonie zusammen, teilten das Leben und auch Liebe, wenn auch »getrennt« lebend.

Anna bekam wieder Führungsaufgaben zugeteilt, auch wenn sie dabei kein so gutes Gefühl hatte.

Sie hatte begonnen, Reiki-Seminare zu halten, und war stolz auf die Entwicklung ihrer Schüler. Doch dann begann ihre Arbeit sie so sehr zu beanspruchen, dass sie keine Energie mehr dafür hatte.

Und Anna erkannte immer mehr, dass sie keine Trennung wollte. Sie lebten doch sogar in dieser Situation so gut zusammen.

Februar 2005

»Ich habe es geschafft, den Test bestanden, im Juni fahre ich auf den Golan!«, jubelte Hannes.

Anna freute sich mit ihm. Sie hatte in den letzten Monaten eine wahre Achterbahn an Gefühlen erlebt. Sie liebte Hannes ungebrochen und in ihrem Inneren wollte sie keine Scheidung, doch das Schicksal nahm seinen Lauf.

Sie wusste nicht, wie sie Hannes sagen sollte, wie sehr sie ihn liebte. Die Unterredung von vor einem Jahr konnte sie nicht rückgängig machen, und obwohl sie gemeinsam lebten und auch Tisch und Bett teilten, war die Situation verfahren.

Also ließ sie die Dinge geschehen, sie hatte Hannes sogar unterstützt, indem sie Laufpartner organisiert hatte und einige Dinge mehr.

In ihrem Inneren trug sie die Hoffnung, dass Hannes, wenn er dann weit weg war, selbst erkennen würde, dass er sie liebte und nicht ohne sie leben wollte.

Auslandseinsatz

Juni 2005

Anna brachte Hannes zur Kaserne, morgen sollte er nach Syrien fliegen. Ihr Herz war schwer. Eine letzte innige Umarmung, dann ging er, und Anna fuhr alleine nach Hause.

Was würde dieses Jahr wohl bringen? Sie wünschte sich Heilung und Liebe, doch war das möglich?

Am nächsten Abend kam schon ein Anruf. Die Gespräche waren billig, und so konnten sie wenigst miteinander sprechen.

Der erste Brief:

Faoar, 30. Juni 2005

Hallo Herzi!

Hier ist der versprochene Brief. Muss ziemlich langsam schreiben, komme grad vom Fitnesscenter. Die Fotos sind leider schwarz-weiß, hier müssen wir arbeiten mit dem, was wir haben.

Heute haben wir zum Beispiel ein Gerät von der Reparatur zurückbekommen. Weggeschickt wurde es im Jahr 2000, das ist kein Schmäh.

Tja, ich habe Dir ziemlich viel am Telefon erzählt, jetzt muss ich direkt nachdenken, was ich noch schreiben könnte.

Wir hören und lesen uns.

Bussi

Hannes

Das war so schön, ein Brief.

Anna besorgte sich selbst Briefpapier, das war gar nicht so einfach in der Zeit der E-Mails, aber schließlich entdeckte sie etwas Süßes. Papier mit zwei Pinguinen in der Badewanne. Das passte, denn sie hatten immer so gerne gebadet.

Ansonsten vermisste sie Hannes sehr. In der Arbeit war sie unglücklich, diese Stelle war nicht das Richtige für sie, doch es gab zur Zeit keine guten Jobs auf dem Arbeitsmarkt, und so beschloss sie zu bleiben, denn es war ehrlich verdientes Geld.

Hoffnung

Anna wollte wieder einen Hund und Hannes hielt das auch für eine gute Idee.

Ein passender Welpe war auch schnell gefunden.

Faoar, 13. Juli 2005

Hallo, mein Herz!

Also, ich find das Briefpapier allerliebst! Die Pinguine sind genial! Briefe sind leider nicht mehr »in«. Aber ich freue mich immer wie ein Kind zu Ostern. Ist ganz was anderes, wenn Du einen Brief kriegst, als eine Mail.

Der neue Wauzibello ist voll niedlich. Hab mich gleich verliebt. Von den Pfoten her wird das wohl mehr ein Bär als ein Bärli. Wegen Namen hab ich mich auch schon umgehört, aber die waren nix, unmelodisch und hart. Was hältst vom Rufnamen »Habibi«? Heißt übersetzt so viel wie Geliebter, sehr guter Freund. Hör mich auf alle Fälle weiter um, vielleicht schnapp ich noch was Nettes auf!

Bitte schick ein bisschen Kälte runter, heute hatten wir fast 42 Grad im Schatten. Hab den ersten Sonnenbrand aufgerissen, nicht schlimm, aber doch.

Du fehlst mir auch! Ich hoffe, Du kuschelst nicht nur in der ersten Nacht. Hab auch erotische Träume. Offensichtlich dieselben wie Du! Das mit der Badewanne könne wir leider nicht so schnell ändern, da müssen wir warten, bis Du im nächsten Jahr auf Urlaub runterkommst. Aber streicheln, massieren und kuscheln finde ich super. Und dann eincremen und erforschen, ja, das wäre echt nett.

Kann es mir richtig vorstellen, und dann tief in Dich kommen, oh ja!

Ist einfach schön, sich das vorzustellen und davon zu träumen.
So, jetzt muss ich ins Bett und hoffe, ich träume von Dir.
Viel, viel Bussis
Love you
Hannes

Anna hatte nach einigen Telefonaten und Briefen beschlossen, die Kuh bei den Hörnern zu packen und Hannes die Wahrheit über ihre Gefühle mitzuteilen.

20.07.2005

Hallo, mein Herz!
Dein Brief ist gestern gekommen, in meine Richtung braucht er also sechs Tage. Mir gefallen die Pinguine auch sehr gut. Bin auch der Meinung, dass es sehr nett ist, Briefe zu schreiben, die kann man öfter lesen und die Bilder an die Pinnwand hängen. Habibi ist sehr nett, aber er hat schon einen Namen.
Kälte kann ich keine bieten, denn bei uns ist es momentan auch sehr warm.
Dass wir beide dasselbe träumen, finde ich doch sehr nett. Telepathie ist doch eine nette Sache, wir haben es jetzt nur eine ganze Weile ignoriert, aber auf Distanz funktioniert es wunderbar. Gemeinsam träumen, HMMMM!
Hörst mein Hirn anspringen? Ich schreib mal, was ich mir so denk.
Wir träumen gemeinsam.
Wir vermissen uns, Liebe haben wir reichlich. Und doch haben wir gesagt, das wäre nicht genug.
Was ist, wenn Liebe doch genug ist, was ist, wenn wir nur vergessen haben, auf einander zu achten?
Ganz ehrlich, wenn Liebe nicht genug ist, was ist dann genug?
Ich liebe dich, mit meinem ganzen Herzen.
Ist einfach nur zum Nachdenken!
Ich denke oft an unseren Badespaß, das war wirklich immer sehr

schön. Aber mit ein bisschen Geduld haben wir auch wieder eine
Wanne. Bis dahin einfach improvisieren und genießen.
So, jetzt muss ich nur noch das Papier richtig in den Drucker legen.
Love you, sweetheart!
Fühl dich gedrückt, geknuddelt und noch mehr.
Viele Küsschen
Anna

Mit viel Hoffnung steckte Anna den Brief ins Kuvert. Bald schon würde
sie es wissen.

Faoar, 29. Juli 2005

Hallo, mein Herz!
Sorry, hab jetzt länger nicht geschrieben. Letzte Woche war irgendwie
blöd. Alle schlecht gelaunt. Hab auch andauernd Dienste für irgend-
wen übernommen, das muss ich jetzt dann einstellen, da kommst Du
nämlich zu gar nix. Da kann man weder in der Sonne liegen noch
Sport oder sonst was machen. Aber es kann nur besser werden.
Los war eigentlich nicht viel, bis auf die verbrannten Kinder immer
wieder. Mittlerweile kriege ich solche Aggressionen auf die Leute,
wenn's die armen Kinder anschleppen, das glaubst nicht.
Am Samstag ist ein Riesen-Event, mir zu Ehren. Geburtstagsparty,
mit Überraschung!
Wettermäßig ist es affenheiß, 1x duschen am Tag ist zu wenig.
Und nun zu etwas völlig anderem. Du bist wirklich eine äußerst brave
Briefeschreiberin. Die Fotos sind super!
Mit dem Nachdenken hast vielleicht recht. Bin mir auch nicht mehr
so sicher, ich meine, wir vermissen uns wahnsinnig, an Verlangen fehlt
es auch nicht, und wir lieben uns.
Also frag ich, was läuft schief, dass trotzdem das Bedürfnis da ist,
unabhängig, ungebunden zu sein.
Ist das ein Männerleiden? Komm ich schon in die Midlife-Crisis?
Wird Dir vielleicht ähnlich gehen.

Ich weiß es nicht. Was ich weiß, ist, dass ich Dich liebe, Dich vermisse,
äußerst anziehend finde.
Viel mehr weiß ich im Moment noch nicht.
Aufs gemeinsame Kochen freue ich mich schon. Hoffe, ich hab es
nicht verlernt. Von einem gemeinsamen Kochen habe ich auch schon
geträumt. Schöne Musik, hatten beide fast nix an. Haben gekocht,
gegessen und uns dann gegenseitig verwöhnt, gespielt und mit viel
Streicheln Liebe gemacht, bis wir zu den Sternen geflogen sind.
Ich liebe Dich
Drück, streichel, knuddel ...
Hannes

Der Brief war schön, Anna hatte das Gefühl, dass alles gut werden würde, dass es ein gemeinsames Leben in Liebe geben würde.

Ansonsten hatte sie viel Arbeit, der Job, das Haus und der Garten. Und Anna war einsam, die Familie kümmerte sich nicht um sie, außer einmal die Woche ein Treffen mit Günter war sie allein. Aber bald hätte sie wieder einen Hund, Basil, dann wäre sie weniger allein.

1. August 2005

Hallo Herzi!
Stell dir vor, wir wollten doch die Schnecken austricksen. Tja, das hat
so weit auch funktioniert.
Aber jetzt kommt's: Ein Schmetterling fand die Balkontröge so gut und
hat seine Eier abgelegt, denn dann sind die Raupen bestens versorgt.
Hurra, die Raupen fressen die Pflanzen auf, und im Garten fressen
die Schnecken die Zucchini, also kein Gemüse heuer.
In der Arbeit ist die Hölle los, 20 Aufnahmen innerhalb von acht
Stunden.
War heute wieder Basil besuchen und habe zwei Stunden die zwölf
Berniebabys gesittet. Zwölf Welpen auf mir drauf, das war schon was.
Sonst habe ich viel Zeit nachzudenken, und das ist gar nicht so gut für
mich. Es ist auch niemand da, den es interessiert, wie es mir geht.

Ich habe nur den Wunsch, dass wir zusammenbleiben, für immer.
Ich liebe dich
Anna

Sie wünschte sich, dass dieses Jahr schon vorüber wäre, denn sie vermisste Hannes furchtbar, dabei war er doch gerade mal knapp zwei Monate weg.

Anna wollte stark sein, durchhalten, damit Hannes stolz auf seine Frau sein konnte. Schön war, dass er sie oft anrief, so konnte sie wenigstens seine liebe Stimme hören.

Im Job lief es gar nicht gut, doch Anna wollte durchhalten für die gemeinsame Zukunft.

Faoar, 8. August 2005

Hallo, mein Herz!
Heute haben wir endlich wieder Post bekommen und wir wissen jetzt auch warum. Die AUA nimmt die Post nur mit, wenn sie kein Übergepäck hat.
Was gibt's bei mir Neues? Die Tickets krieg ich am Mittwoch, dann weiß ich auch die Ankunftszeit.
Sonst ist hier nicht viel los, es ist ein wenig kühler geworden, doch so kann man besser schlafen.
Danke für den Lavendel, der Geruch erinnert an zu Hause.
Ich denke immer über ein Haus nach, also wenn's in Richtung Bauerhof geht, bin ich dabei. Wie Du ja weißt, wünsche ich mir das schon seit ich weiß gar nicht mehr wie lange, und irgendwann wird der Traum in Erfüllung gehen, vielleicht früher als später.
Hunde züchten wäre auch schön. Und ein paar Laufenten wegen der Schnecken.
Das wäre schön.
Jetzt werde ich mich noch in die Sonne legen und dann laufen gehen.
Sonst kann ich nicht viel erzählen.
Miss you deeply
Love
Hannes

Der Urlaub stand fest, Hannes würde am 9. September nach Hause kommen, dann würde auch eine Entscheidung über die Zukunft fallen. Doch Anna hatte Hoffnung: Wenn er ein Bauernhaus wollte und Hunde züchten, würde wohl keine Scheidung mehr im Raum stehen. Das war Annas größter Wunsch, ein Leben in Liebe mit ihrem Seelenpartner, ihrem Ehemann.

Faoar, 21. August 2005

Hallo, mein Herz!
Tja, was soll ich schreiben? Ich finde das bei dem vielen Telefonieren gar nicht einfach.
Zu den lächerlichen Verletzungen bei Dir im Dienst kann ich nur sagen, komm mal zu uns, so viel Lappalien gibt's nicht mal in Österreich. Am besten finde ich unsere Dauergäste, die gar nichts haben.
Ich fürchte, dass ich im Urlaub bei Deinem guten Essen zunehmen werde, aber macht nix, herunten werd ich's wieder mit Laufen runterkriegen.
Sonst gibt's nicht viel zu berichten und den Rest erzähle ich Dir im Urlaub.
Nur mehr 19 Tage!!! Dann Urlaub!
HURRA!
Ich freue mich schon.
Knuddeln, drücken, Liebe machen, HMMMM!
Liebe Dich
Hannes

Ein Neubeginn

Anna freute sich auf den Urlaub. Trotz der vielen Arbeit im Job, der Arbeit im Garten hatte sie Hoffnung, dass ihre Träume wahr werden würden. Wenn sie Hannes sah, dann würde sie es wissen. Ein Blick in seine Augen und alles oder nichts könnte wahr werden.

Ende August, gerade richtig zum Geburtstag, bekam Anna ihren kleinen Hund, einen hochadeligen Berner Sennenhund mit Namen Basil, doch daraus wurde dann schnell Basi Bär.

Sie hatte viel Freude mit dem neuen Mitbewohner, und noch mehr, als endlich der 9. September gekommen war. Sie machte sich so hübsch sie konnte und stand erwartungsvoll in der Ankunftshalle des Flughafens.

Mit Basil auf dem Arm sah sie auf die Tafel. Ja, der Flug aus Damaskus war schon gelandet, nur mehr wenige Minuten, und sie würde es wissen.

Hannes kam durch die Absperrung und ging auf Anna zu, den Blick voller Liebe umarmte und küsste er sie. Und Anna wusste, es war alles gut, die »Trennung« war aufgehoben und die Ehe wiederhergestellt. Ein Sieg der Liebe über menschliche Schwächen und Kleinlichkeiten.

Jetzt konnten sie gemeinsam in die Zukunft gehen.

Später, nachdem sie sich leidenschaftlich geliebt hatten schmiegte sich Anna in Hannes' Umarmung. Sie liebte seine Nähe, seine Wärme, den Duft seiner Haut und die sanfte mentale Präsenz, die sie immer verspürte. Seelenverbindung! Wie hatte sie ihn doch vermisst! Tiefer Frieden erfüllte ihre Seele.

In den nächsten Tagen schmiedeten sie Pläne für den Bauerhof und die zukünftige Hundezucht, Hannes fertige Zeichnungen an, detailreicher Natur, die Anna zum Schmunzeln brachten. Und sie verbrachten viel Zeit damit, über Basils drollige Eskapaden zu lachen. Sie genossen ihre neue, gefestigte Beziehung wie frisch Verliebte.

Am Sonntag kamen alle zu einem Familienfest, Vera und Ferdinand, Jenny, Bert und ihre kleine Tochter Lena, Cora, Wolf und ihr Sohn Stefan und die jüngste Schwester Sandra.

Eine ausgelassene Feier im Familienkreis, bei der Hannes allen verkündete, dass sie sich doch nicht scheiden lassen würden, weil sie festgestellt hatten, wie sehr sie sich liebten und dass sie ihr weiteres Leben gemeinsam leben wollten.

Die ganze Familie freute sich und es wurde fast wie eine zweite Hochzeit.

Die Tage vergingen leider wie im Flug und der Tag der Abreise rückte unerbittlich näher. In ihrem Innersten wünschte sich Anna, Hannes würde nicht wegfahren, doch sie schwieg, weil sie wollte, dass ihr Mann stolz auf sie sein konnte. Ihr graute vor dem erneuten Alleinsein, vor der Einsamkeit.

Nach Hannes' Abreise stürzte sich Anna in die Arbeit, nicht nur beruflich, sondern auch in Haus und Garten. Weiters musste Basil zur Hundeschule, um ein netter, wohlerzogener Hund zu werden. So zog der Oktober in Land und der sechste Jahrestag ihrer Beziehung.

Hannes schickte ein Paket mit kleinen Geschenken.

Faoar, 14.10.2005

Hallo, mein Herz!
Ruf zwar heute noch an, schreibe Dir trotzdem noch mal.
Alles Liebe zum Jubiläum! Die Geschenke bringe ich im Urlaub mit.
Hoffe, Pullover und Weste gefallen Dir. Die waren nur eine Kleinigkeit, um Dir Freude zu machen.
Neues gibt es nicht wirklich. Meine Dienstbeurteilung ist sehr gut ausgefallen. Bin halt ein Sonnenschein.
Am Montag erfahren wir die Einteilung fürs nächste Halbjahr. Bin schon gespannt.
Sonst kann ich nicht viel erzählen. Ich vermisse Dich ganz furchtbar.

Ich liebe Dich über alles!
Bussi, Bussi
Love
Hannes

Anna freute sich über jeden Brief und schrieb auch ihrerseits regelmäßig, was so in der Arbeit los war, wie es Basil erging und über seine Entwicklung. Dass es ihr nicht so gut ging, erzählte sie nicht, denn sie wollte ihren Mann nicht beunruhigen. Sie war erwachsen und würde das schon schaffen.

Eines Nachts wurde sie abrupt wach, der Traum war so realistisch gewesen, sie konnte Hannes direkt riechen, fühlen. Sie hatten sich geliebt, bis sie gemeinsam den Höhepunkt erlebten und eins wurden, Gleichklang der Herzen und Seelen. Das musste sie ihm erzählen und fragen, ob er wohl mit ihr geträumt hatte in telepathischer Verbindung.

Faoar, 28.10.2005
Hallo, meine Liebste!
Haben grade telefoniert, also vor zwei Stunden.
Also zuerst zu Deinem Brief. Mir geht's gut, danke. Wirklich schlecht geht's dem, der anfängt, sich zu beklagen. Über die Problemchen hier unten haben wir ja gesprochen, die meisten Probleme lösen sich jedoch von selbst.
Ja, Du bist ein ganz braves Mädel, so wie Du das alles meisterst und organisierst. Hoffentlich wird's bei Dir nicht zu schnell kalt. Bei uns ist es wieder wärmer geworden, nur die Nächte sind kühl.
Ich habe auch ganz viel an Dich gedacht. Es macht nichts, dass Du kein Geschenk hattest. DU bist mein Geschenk! Ich träume sehr oft sehr schön von Dir. Schreibst mir von Deinem Traum, den Du erwähnt hast?
Sind nur noch zweieinhalb Monate, dann bin ich wieder bei Dir, ich freue mich schon sehr drauf.
Nun zu den Erzählungen: Meine Kamera ist kaputt. Ich hatte sie hergeborgt, und das war's dann. Werde mir eine neue besorgen.

Und gestern war es knapp, da hatten die Schutzengel ziemlich zu tun.
Wir müssen ja zu den Sprengungen mitfahren.
Bei der dritten Sprengung hat es gewaltig gekracht, dann ein Sirren
und einen halben Meter links von mir eingefahren. So schnell bin ich
noch nie auf dem Bauch gelegen. Der zweite Splitter ist dann fünf
Meter neben dem Kollegen eingefahren.
Ich werde mir ein Splitterkreuz draus machen lassen, wollte zwar
eigentlich keines, doch jetzt denke ich, das ist nötig.
So, das war's.
Liebe Dich,
fühle Dich gedrückt, geknuddelt und geküsst,
gestreichelt, liebkost ...
Bussi
Hannes

Anna erschauderte bei der Vorstellung, wie knapp der Granatsplitter neben Hannes eingeschlagen war. Das hätte schlimm ausgehen können. »Liebe Engel, ich danke euch.«

Das Wetter war sehr schnell winterlich geworden, Anna hasste Schneeschaufeln, doch für Basil war es ein Riesenspaß.

In der Arbeit war Stress pur, Anna erkannte immer mehr, dass diese Abteilung nicht das Richtige für sie war, und der Entschluss reifte, dass sie um Versetzung in einen OP bitten würde. Sie musste nur den richtigen Zeitpunkt abwarten.

Der November verging und bald würde Weihnachten kommen, und im Jänner kam Hannes wieder nach Hause.

Faoar, 20.11.2005

Hallo, mein Herz!
Wir haben das Zimmer renoviert, ist sehr schön geworden, doch leider
herrscht noch das Chaos.
Eine neue Kamera habe ich auch bestellt, hat sogar mehr Pixel als die
alte, da kann ich noch schärfere Bilder machen. Apropos, das haben

wir im Urlaub vergessen, wir wollten doch erotische Fotos von Dir machen (da werde ich gleich rot), das müssen wir nachholen.

Wegen Deinem Traum, das Datum stimmt, die Uhrzeit weiß ich nicht. Ich hatte so einen heftigen Orgasmus wie schon ewig nicht mehr, und ich kann mich an die Szene erinnern, ich war ganz tief in Dir, konnte spüren, wie feucht Du warst, und die Kontraktion Deiner Muskeln. Das war viel zu real für einen Traum. Die Luft hat direkt geknistert vor Leidenschaft, Du hast mich noch tiefer aufgenommen, ich spürte, wie sich bei mir alles kontrahierte und bei Dir auch, und dann diese Explosion, ich fühlte unsere Herzen im Gleichklang schlagen, wir wurden eins, viele Explosionen, jede heftiger als die zuvor. Unendliche Lust. Es war ein irres Gefühl!

Hab ganz feuchte Hände gekriegt bei der Erinnerung. Ich träume überhaupt die letzten beiden Wochen sehr viel von Dir, nicht nur erotisch, aber immer schön.

Aber dieser eine Traum hat sich sehr von allen anderen unterschieden.

Vorgestern habe ich geträumt, ich bin vom Laufen nach Hause gekommen und Du bist frisch geduscht im Bademantel auf dem Sofa gesessen.

Ich bin auch duschen gegangen und habe mitgekriegt wie Du Dich frisch geschminkt hast. Wir haben geplaudert und gerätselt, ob wir essen gehen oder kochen.

Ich habe mich dann abgetrocknet, bin in den Bademantel geschlüpft und in die Küche gegangen, um mir was zum Trinken zu holen. Du bist von oben heruntergekommen und hast ganz neckisch gelächelt. Im Hintergrund lief arabische Musik. Du hattest rote Reizwäsche an und hast mit Bauchtanz angefangen. Du hast ein bisschen getanzt, dann hast Du mich geküsst. Da habe ich gemerkt dass Du Chili auf den Lippen und der Zunge hast. Du hast gefragt: »Scharf?« Dann hast Du Dich umgedreht, an der Frühstücksbar angelehnt und die Beine auseinandergestellt und Dich nach vorne gebeugt. »Bitte komm ganz tief in mich rein«, hast Du mehr geflüstert als gesagt. Im Takt der ara-

*bischen Musik haben wir uns dann geliebt. Ich war so aufgeregt, dass
ich sehr schnell kurz vorm Kommen war, doch Du hast das bemerkt,
hast Dich umgedreht und mich geküsst.*

*»Noch schärfer?« Ich hab grad so ein Nicken zustande gebracht, Du
hast mich wieder geküsst, dann hast Du mich mit dem Mund verwöhnt, das war durch den Chili sehr scharf und ich bin heftig gekommen. Danach habe ich Dich verwöhnt. Das war ein sehr »scharfer«
Traum.*

*Mir würde noch mehr einfallen, doch sonst fängt das Papier noch
Feuer.*

Ich vermisse Dich ganz furchtbar.

Love always

Hannes

Anna freute sich über jeden Brief, und von der ungebremsten Erotik war
sie sehr berührt. Es war schön, dass ihr Mann sie so sehr liebte und begehrte.

Der Winter war inzwischen mit voller Wucht hereingebrochen. Anna
hatte vom Schneeschaufeln Rückenschmerzen, und durch die Kälte war
der Ölverbrauch enorm. Und das wiederum kostete viel Geld. Nun, sie
würden das schon hinbekommen.

Faoar, 4. Dezember 2005

Hallo, mein Herz!

*Hier kommt der versprochene Brief. Das neue Team ist auch gekom-
men, die sind recht lustig drauf. Wird sicher ein lustiges halbes Jahr.
Mal schauen.*

*Die Verlängerung mit Verwendungsänderung habe ich auch schon
abgegeben, schauen wir, ob's diesmal klappt.*

*Ich will so schnell wie möglich die Schulden abzahlen, damit wir mög-
lichst bald unser eigenes Haus haben. Selbst wenn ich sehr viel im
Ausland sein muss.*

Das Wetter ist auch wieder wärmer geworden.

*Heute Nacht habe wieder von Dir geträumt, oh Mann! Aber es sind
ja nur mehr knappe sechs Wochen bis zum Urlaub. Kann's kaum
erwarten.*
*Wie erwartet gibt es jetzt während der Rotation 3x so viel Arbeit. Die
Neuen wollen alles niederreißen, aber das wird sich wieder legen.*
*Sonst kann ich nicht viel berichten. Freu mich schon auf Deinen Brief,
Deine Stimme, kuscheln, küssen, duschen, streicheln, lieb haben …*
Love you
Hannes

Die Briefe waren für Anna immer ein Fest. Es ging ihr nicht gut, der Job
fraß sie auf, sie hatte Herzschmerzen und vermisste Hannes so sehr, dass
es wehtat. Sie lebte ein sehr anstrengendes und einsames Leben: Aufstehen
kurz nach fünf, den Hund versorgen, Kaffee trinken, noch ein bisschen
mit Basil schmusen, dann zur Arbeit fahren, acht Stunden Stress und
Unbehagen, nach Hause hasten, putzen, kochen. Alles in Schuss halten.
Sie tat es für ihre Zukunft, doch es kostete sie sehr viel Kraft.

Doch die Liebe macht stark, und jetzt, wo sie ihre Probleme gemeistert
hatten, wollte sie keine Schwäche zeigen.

Das Einzige, was ihr zusätzlich Kraft gab, war das Treffen mit Günter,
ihrem besten Freund, einmal in der Woche.

Leider hatte die restliche Familie selbst immer genug zu tun und deshalb keine Zeit, um sich mehr um Anna zu kümmern, und so wussten
sie auch nicht, wie schlecht es ihr oft ging.

Faoar, 11. Dezember 2005
Hallo, mein Herz!
*Nur mehr 33 Tage! Dann endlich Urlaub! Dich drücken und knud-
deln und streicheln und küssen und schmusen und noch viel mehr. Ich
freue mich schon total auf Dich! Träume schon jede Nacht von Dir.*
*Vor ein paar Tagen habe ich geträumt, dass wir uns nur geküsst und
gestreichelt haben, ganz zärtlich. Hm, das war schön! Wie zwei frisch
Verliebte, einfach nur rumgeschmust.*

Meine Hormone sind auf einem Level, der schon gar nicht mehr mess-
bar ist.
Wie vermutet ist es mit dem neuen Team ziemlich lustig, fast noch
lustiger als die letzten sechs Monate. Sitzen fast jeden Abend zusam-
men und blödeln, spielen Dart und so. Die sind nicht so sehr auf
Filmeschauen aus. Sie sind halt anders, nicht besser oder schlechter,
sondern nur anders.
Tja, was gibt's sonst Neues? Eigentlich nicht viel.
Nur mehr 33 Tage.
Miss you, hug you, and kiss you
Love you
Hannes

Weihnachten rückte näher, Anna dekorierte das Haus, denn sie liebte diese Zeit im Jahr. Sie wollte es auch für sich schön haben, auch wenn sie Weihnachten allein war. Silvester wollte sie mit Günter verbringen, und dann kam Hannes bald nach Hause. Der 13. Jänner war geplant. Anna grübelte, ob sie ihn bitten sollte, früher nach Hause zu kommen, denn Geld war nicht alles im Leben, und es ging ihr einfach schlecht ohne ihn.

Sie fand auch keine Kraft in der Meditation oder beim Praktizieren von Reiki. Sie fühlte sich wie gekaut und wieder ausgespuckt, völlig ausgelaugt, und konnte einfach keine Kraft schöpfen.

In den Nächten träumte sie sehr oft. Nicht nur von Hannes, sondern auch wieder von einem vergangenen Leben.

Eine weitere Facette

»Großmutter, sieh her, ich habe es geschafft. Ich habe mit meinen Händen geheilt«, rief Bettina ihrer Großmutter Giuditha zu. »Schau, die Katze ist wieder gesund.«

Giuditha kam in die Kammer und lächelte. »Bettina, ich habe es dir ja gesagt: Alle Frauen in unserer Familie konnten das, doch das darfst du niemandem erzählen. Schon dass wir Wissen über Kräuter haben, ist an sich gefährlich, doch diese Gabe führt uns geradezu auf den Scheiterhaufen. Versprich mir, nie jemandem davon zu erzählen!«

»Ja, ich verspreche es dir!«, erwiderte Bettina.

Giuditha betrachtete ihre Enkeltochter, eine zierliche, lebhafte 18-Jährige mit langen dunkelbraunen Haaren. Hübsch war sie und hatte tiefbraune ausdrucksvolle Augen. Man konnte die künftige Reife und Weisheit in ihr schon erkennen. Hoffentlich blieb sie auf dem Pfad der Weisheit, denn sie fühlte, dass Gefahr im Anzug war, Hellsichtigkeit, eine weitere Gabe der Familie.

Bettina hatte auch diese Fähigkeit, doch noch nicht gelernt darauf zu vertrauen.

Bettina und ihre Großmutter lebten in einer kleinen Stadt in Süditalien, sie waren einfache Leute. Sie verdienten ihren Unterhalt mit den Kräutern, die sie in ihrem Garten anbauten, und mit Kräutern, die sie sammelten. Giuditha war auch Hebamme und gab ihr Wissen an Bettina weiter.

Seit Kurzem traf sich Bettina mit Marco, dem Sohn eines reichen und mächtigen Tuchhändlers. Sie war sehr verliebt.

Als Bettina Marco zum ersten Mal gesehen hatte, hatte sich sofort ein Gefühl der Vertrautheit eingestellt, ein Erkennen. Sie waren sich schnell nähergekommen und trafen sich, wann immer sie konnten. Die Verbindung war aufgrund der gesellschaftlichen Werte fast unmöglich, und doch hofften sie, ihre Liebe würde die Familien überzeugen und eine Ehe zulassen.

Bettina hatte für ihre Liebe sogar das Undenkbare getan: Sie hatte mit Marco geschlafen, und das war ein wunderschönes Erlebnis gewesen. Das Verschmelzen zweier Seelen, Einheit.

In ihrer großen Liebe und in tiefem Vertrauen erzählte Bettina ihrem Geliebten von dem Geheimnis ihrer Hände. Nie hätte sie gedacht, dass er sie verraten würde, doch Marco war unreif und diese Fähigkeit machte ihm Angst, so vertraute er sich dem Pater der Gemeinde an.

Durch den Verrat wurden Bettina und ihre Großmutter verhaftet und verurteilt. Giuditha starb nach wenigen Tagen und Bettina sollte auf dem Scheiterhaufen hingerichtet werden.

Der Schmerz über den Verrat war so heftig, es war, als hätte man ihr das Herz aus dem Leibe gerissen. Sie hatte ihm so sehr vertraut, sie hätte ihr Leben für ihn gegeben. Doch er hatte sie verraten, und nun sollte sie sterben. Wie hatte er das nur tun können?

Doch sie fand keine Antwort und bereitete sich auf den Tod vor.

Eines Nachts kam unerwartete Hilfe. Bruder Karlo aus dem Kloster, der immer Kräuter von ihnen gekauft hatte, stand vor der Zelle.

»Mein Kind, ich weiß, du bist in deiner Seele verletzt, ich weiß um den Verrat und deine große Liebe.

In diesem Leben ist es mir vergönnt, dir zu helfen, wie du mir in einem früheren Leben geholfen hast. Marco ist dein Seelenpartner, doch unreif wiedergeboren. Ihr werdet euch wiederfinden und Erfüllung leben, doch nicht in diesem Leben. Ich kann meine Schuld dir gegenüber abtragen, indem ich dir helfe zu entkommen. Ich weiß, du glaubst, du kannst ohne Marco nicht sein, doch wisse, du kannst.

Du musst leben, für dich und dein Kind! Komm, ich habe alles vorbereitet.

Vertraue auf Gott und deine innere Kraft. Geh und lebe! Auch wir werden uns wieder treffen, in einem anderen Leben.

Nun geh, gehe und wisse, dass Gott immer bei dir ist.«
So ging sie hinaus in die Nacht und eine ungewisse Zukunft!

***

Dieser Traum war unglaublich intensiv und facettenreich. Was sollte ihr gesagt werden? Anna grübelte über die Bedeutung. Da war etwas, doch sie konnte es nicht greifen.

Die Verzweiflung und Traurigkeit dieser Bettina, sie hatte alles mitgefühlt. Sie war Bettina gewesen, und Marco war heute Hannes.

Was dieser Mann getan hatte, war unfassbar: aus Angst und Unreife die geliebte Frau verraten. Hannes würde so etwas niemals tun, er hatte gelernt.

Das Geheimnis der heilenden Hände, REIKI! Nun verstand sie, was sie zu Energiearbeit und Reiki geführt hatte. Schicksal!

Doch beschlich sie immer wieder Unsicherheit und sie hatte das Gefühl der drohenden Gefahr.

Jubiläum und Freudentage

Endlich war der Tag da – Hannes kam heute nach Hause. Anna ging zum Friseur und machte sich hübsch, dann die Fahrt zum Flughafen. Hannes würde staunen, wie groß Basil geworden war, und Anna hoffte sehr, er würde sie auch schön finden.

Da trat er schon durch die Absperrung, Hannes ging auf Anna zu, nahm sie fest in die Arme und küsste sie intensiv und leidenschaftlich.

Annas Herz machte einen richtigen Satz in der Umarmung, denn das mentale Band wurde sofort stark und tief. Sie nahm wahr, wie sehr er sie vermisst hatte, wie sehr er sie liebte und begehrte, und alle Erschöpfung fiel von ihr ab. Das tat so gut, wieder eins zu sein. Sie spürte seine mentale Präsenz immer, doch bei Körperkontakt wurde die Verbindung viel intensiver.

Als sie zu Hause ankamen, öffnete Hannes die Tasche und holte ein Etui hervor. »Das habe ich dir zu unserem Jahrestag und Hochzeitstag gekauft. Ich habe sehr lange gesucht, bis ich das Richtige gefunden habe, denn ich weiß, dass du nichts Protziges magst.«

Im Etui war eine zarte Kette, gedreht aus Rotgold und Weißgold, der Anhänger ein Herz mit Diamanten, zart, anmutig und elegant, genau die Sorte Schmuck, die Anna liebte.

In der Nacht schmiegte sich Anna so eng wie möglich an Hannes. Sie hatte die Wärme und Nähe vermisst, mehr noch als die Leidenschaft. Diese einsamen Nächte hasste sie, doch jetzt war alles gut. Hannes war hier bei ihr, sie musste nur noch einen Weg finden, ihm zu sagen, dass er früher nach Hause kommen sollte.

»Anna, du weißt gar nicht, wie stolz ich bin, wie gut du das alles meisterst. Du hast keine Ahnung, was die anderen mit ihren Frauen mitmachen. Du kommst so gut alleine zurecht, das ist toll!«

Na, wenn ihr das nicht den Wind aus den Segeln nahm – wie sollte sie da ihre Bitte äußern? So beschloss Anna, zu schweigen und die restlichen fünf Monate auch noch zu ertragen.

Der gesamte Urlaub war ein Schwelgen in Liebe und Zärtlichkeit. Die Zeit verging wie im Flug, und der Tag der Abreise rückte unerbittlich heran.

Am Tag vor der Abreise war Anna schon so traurig, dass sie weinte.

»Ist es so schlimm?«, fragte Hannes.

»Ja, schon, doch ich werde es schon schaffen. Ich besorge mir so bald wie möglich ein Ticket, und dann kann ich die Tage zählen. Mach dir keine Sorgen, ich bin ein erwachsenes Mädchen. Ich komme schon zurecht, und du bist immer nur einen Gedanken weit weg. Ich kann dich immer fühlen.«

Nachdem sie Hannes zum Flughafen gebracht hatte, fühlte Anna sich einfach leer. Sie hätte ihm doch sagen sollen, wie schlecht es ihr schon vor dem Urlaub gegangen war, doch sie wollte, dass er stolz auf sie war. Und sie hatte auch ihren Stolz, sie war stark und keine heulende Memme.

Sie atmete entschlossen durch und nahm sich vor, gleich morgen einen Flug zu buchen, dann hatte sie etwas, worauf sie sich ausrichten konnte. Ja, das würde gehen.

Am nächsten Tag bestellte sie ihr Ticket im Internet, und zwei Tage später waren die Tickets auch schon im Briefkasten. Anna hütete sie wie ihren Augapfel.

Es war abgemacht, dass ihre Freundin Johanna für die Dauer ihres Urlaubs auf Basil aufpassen würde und auch im Haus wohnen sollte. Alles war organisiert, es musste nur noch die Zeit vergehen.

Faoar, 12 Februar 2006
Hallo, mein Herz!
Jetzt habe ich drei Tage lang versucht, ein Briefpapier auszudrucken, aber unser Drucker funktioniert nicht.
Ich bin erst seit zwei Wochen wieder da und vermisse Dich schon soooo furchtbar! Aber Du kommst ja bald. Nächste Woche werde ich anfangen, den Papierkram zu erledigen, mindestens zehn Zettel zum Ausfüllen. Die reinste Papierfabrik.

Schon mal danke fürs Schicken von den Sachen.

Ich träume ganz oft von Dir und manchmal derart extrem schöne (geile) Träume. Hab schon sehr viel Bettzeug verbraucht. Mein Hormonspiegel erreicht demnächst den Höchststand, aber wie schon gesagt, immer positiv denken!

Letztens hab ich geträumt, dass wir übers Liebemachen geredet haben, und da ist mir aufgefallen, dass wir da noch nie wirklich drüber geredet haben. Ich mein, vielleicht gibt's da etwas, was Du gerne hättest und ich nicht mache, oder ich mache etwas, das Du gar nicht magst. Vielleicht sollten wir da mal drüber reden, denn ich will Dich einfach »rundherum« zufriedenstellen.

Themenwechsel: Wie sieht es auf dem Immobilienmarkt aus? Hast was Interessantes gesehen?

Miss you, love you

Hannes

Anfang März 2006

Anna hatte nun endgültig genug von dem Job, der sie nur belastete, und einen Termin bei der Direktorin ausgemacht. Danach fühlte sie sich sehr erleichtert, endlich ein Lichtblick in Sicht. Sie brauchte nur mehr ein wenig Geduld, und dann konnte sie wieder in einem Operationssaal arbeiten. Wie sehr freute sie sich darauf, denn es bedeutete eine Verbesserung der Lebensqualität.

Und der Urlaub rückte näher, nur mehr wenige Wochen.

Leider schrieb Hannes nur noch seltener, da er das Handy mithatte. Doch fast täglich schickte er liebe SMS, doch das war nicht dasselbe wie einen Brief zu bekommen.

Faoar, März 2006

Hallo, mein Herz!

Tja, was kann ich berichten? Der neue OrgPlan ist da, und ich stehe nicht drauf. Aber das haben wir ja schon gewusst. Was wir nicht gewusst haben, ist, dass zwei auf Diplomposten sitzen und auch bezahlt bekommen, aber gar kein Diplom haben.

Wir werden das melden bei der Beschwerdestelle, wir telefonieren deswegen schon viel herum.

Finanztechnisch wäre es für uns ja gut, wenn ich noch ein halbes Jahr bleibe, doch das mache ich nur als Unteroffizier und nicht als Fahrer. Ich will nicht noch mehr Geld verlieren, als wir bis jetzt schon verloren haben.

Außerdem habe ich mich schon aufs Heimfahren eingestellt. Kurz gesagt: Nix ist fix hier herunten.

Was gibt es sonst noch Neues?

Ich bin jetzt endgültig süchtig aufs Laufen, mache gerade ein Marathon-Trainingsprogramm. Das mache ich, um meinen Ruhepuls runterzutrainieren. Genaueres erzähle ich Dir, wenn wir uns sehen. Wenn Du magst, können wir zu Hause gemeinsam laufen, natürlich in Deinen Frequenzbereichen. Bin mir sicher, dass es Dir nach der ersten Zeit Spaß macht, und Basil gefällt das hundertprozentig.

Am Anfang wirst halt ziemlich Muskelkater haben, nämlich dort, wo man gar nicht damit rechnet, wie Bauch, Rücken, Schultern. Also eigentlich überall. So, genug von der Lauferei.

Habe Deine ID-Karte schon bekommen, jetzt fehlst nur noch Du.

Liebe Dich

Ganz viele Bussis

Hannes

Laufen gehen, ja, warum denn nicht? Es machte Hannes offensichtlich Spaß, und es wäre Bewegung an der frischen Luft, ja, das konnte Anna sich sehr gut vorstellen.

Basil war inzwischen ein ordentlich großer Berner geworden, dem Laufen sicher Spaß machen würde.

Ja, das wollte sie gerne machen.

Faoar, 10. März 2006

Hallo, mein Herz!

Wie besprochen schicke ich Dir die Patches für Deine Reisetasche und

eine kleine Überraschung. Hoffe, die Sachen gefallen Dir, ich denke,
die müssten Dir super stehen.
Herunten gibt's nicht viel zu berichten, von der Verlängerung habe
ich Dir schon am Telefon erzählt.
Vielleicht ist es so besser, und fahr dann in ein paar Monaten wieder.
Sonst kann ich nix Neues schreiben, außer dass Du mir wahnsinnig
fehlst. Aber jetzt dauert es nimmer lang. Bald kommst!! Ich freue
mich schon irrsinnig.
Habe mir die ersten Bücher über Geflügelhaltung und Laufenten ge-
kauft. Ist ziemlich interessant. Bücher über Fischteich und Schafe sind
auch unterwegs. Ich freu mich schon dermaßen auf den Bauernhof,
fällt gar nicht auf, oder?
Bis zum nächsten Mal
Ich liebe Dich
Bussi
Hannes

Ja, das war sicher besser, und wenn es nach Anna gehen sollte, würde
Hannes auch so schnell nicht wieder wegfahren. Sie war am Ende ihrer
Kräfte, doch der Urlaub rückte in greifbare Nähe, und einen Monat später
würde Hannes nach Hause kommen.

Und dann wollte sie die Zeit genießen, die Zukunft gestalten.

Flitterwochen

Endlich war es so weit, der Tag des Wiedersehens war gekommen, und endlich konnten sie ihre Flitterwochen nachholen.

Anna sah aus dem Fenster des Flugzeugs, in einigen Minuten würde sie in Damaskus landen und endlich ihren Hannes wiedersehen.

Doch im Orient liefen die Dinge langsamer. Noch als sie am Laufband auf ihre Tasche wartete, bekam sie eine SMS von Hannes: »Willkommen in Damaskus.« Ihre Tasche war zum Glück eine der ersten, die auf dem Band waren.

Durch die Passkontrolle, und da stand er, in der sandfarbenen Sommeruniform, ein Lächeln, und für Anna ging die Sonne auf. Sie umarmten sich zurückhaltend, denn sie waren in einem muslimischen Land, und blickten einander mit Verheißung auf mehr an.

Der Fahrer vom Camp brachte sie ins Hotel, und Anna sah zum ersten Mal den berühmten Kreisverkehr, das russische Roulette.

Im Hotel Sheraton angekommen, fasste Anna Hannes näher ins Auge. Er war dunkelbraun gebrannt, das Haar ausgebleicht, und sah zum Anbeißen aus. Sie umarmte ihn innig.

Der mentale Kontakt wurde geknüpft, und für einen Moment nahm Anna etwas Fremdes, Irritierendes wahr. Hannes küsste sie, und dann war nur mehr Nähe, Vertrautheit, das Fremde verschwand. Sie nahmen sich Zeit, sich zu lieben, zu plaudern, und am frühen Abend gingen sie los in die Stadt, um zu essen.

»Weißt du, was lustig ist? Gleich nach der Landung warst mir eine Zeit fast fremd, das ist doch seltsam, aber jetzt nach ein paar Stunden ist alles so, wie es sein soll. Das Getrenntsein für ein paar Monate macht, dass wir sozusagen fremdeln«, ulkte Anna.

Sie nahmen ein Taxi, und Anna ließ die Eindrücke der Perle des Orients auf sich wirken.

Sie aßen in einem traditionellen arabischen Restaurant, allein die Vorspeisen hätten genügt, das Essen war köstlich.

Hannes genoss es sichtlich, Anna alles zu zeigen und zu erklären, schließlich war er schon elf Monate in Syrien und kannte sich gut aus.

Das war eine Seite, die Anna noch nicht kannte, doch es gefiel ihr. Er erschien sicherer, gereifter, ja, es würde schön sein, diese Seiten zu ergründen und anzunehmen. Es würde ihre Liebe bereichern und vielleicht zu noch mehr Tiefe führen.

In den nächsten beiden Tagen zeigte Hannes Anna die Sehenswürdigkeiten von Damaskus. Sie bummelten ausgiebig in den Souks, und an den Nachmittagen nahmen sie sich Zeit zu kuscheln, sich zu lieben, von der Zukunft zu träumen und eng aneinandergeschmiegt ein Nickerchen zu machen.

Das war herrlich, Flitterwochen eben.

Am Sonntag mieteten sie ein Auto, um nach Palmyra zu fahren. Für Anna war die Fahrt durch die karge Wüstenlandschaft ein echter Genuss, sie hatte die Wüstenlandschaften schon immer geliebt.

Sie versuchte alle Eindrücke in sich aufzusaugen, um für immer diese Erinnerungen lebendig in sich aufzunehmen.

In Palmyra nahmen sie sich ein Zimmer in einem alten Hotel im Kolonialstil, das am Rande des Ruinengeländes lag.

Den Nachmittag verbrachten sie mit einer Besichtigung der Ruinen und einem Kamelritt.

Am Abend hatten sie wieder ein wunderbares arabisches Essen und anschließend saßen sie auf der Terrasse im Mondlicht. Das beleuchtete Ruinenfeld sah aus wie eine romantische Filmkulisse.

Sie schmiedeten Pläne für den Bauernhof und für einen Urlaub in Arizona und genossen die Stimmung des Wüstenabends.

9. Mai 2006

Anna und Hannes lagen entspannt auf ihren Liegen am Strand von Latakia, es war ein schöner warmer Frühsommertag. Beide lasen in ihren

Büchern und genossen die Entspannung, das sanfte Geräusch der Brandung.

»Hannes, ich bin schon total gespannt auf das Camp, da hast du die letzten elf Monate gelebt, ich bin wirklich schon neugierig«, meinte Anna.

»Ist nichts Besonderes«, erwiderte Hannes wortkarg.

»Trotzdem, ich bin schon gespannt, ich kann mir doch M.A.S.H. nicht entgehen lassen«, scherzte sie. »Trapper John und Co. in der österreichischen Version.«

Da war es wieder, irgendetwas hielt Hannes zurück, da war ein Teil, den er verschlossen hielt.

»Na ja«, dachte Anna, »vielleicht stört es ihn, wenn ich sozusagen seine Domäne betrete. Ich werde lieb und nett sein, dann kann er stolz auf seine Frau sein.«

Aber ein wenig unbehaglich fühlte sie sich doch. Da war etwas! Und das beunruhigte sie.

11. Mai 2006, Camp Faoar, Golanhöhen

Nachdem sie eine Nacht in Damaskus geschlafen hatten, wurden sie vom Fahrer der San-Staffel abgeholt, und nach einem kurzen Stop im italienischen Hospital ging es direkt ins Camp.

Anna platzte fast vor Neugierde. Jetzt würde sie sehen, wo Hannes das letzte Jahr gelebt hatte, die Menschen kennenlernen, mit denen er seine Zeit verbrachte.

Hannes ging es nicht so gut, es war ihm übel. Hoffentlich hatte er sich nicht den Magen verdorben, er war tatsächlich ein bisschen grün um die Nase. Anna beobachtete ihn leicht besorgt, doch er hatte gestern Abend wirklich viel gegessen, vielleicht brauchte er einfach nur eine leichte Mahlzeit.

Sie wollte am Abend im Camp kochen, denn auch sie brauchte eine leichtere Kost. Sie hatten für vegetarische Spaghetti eingekauft.

Nach der Fahrt durch eine zauberhafte Landschaft erreichten sie das Camp.

»Anna, Robbie hat mir gesagt, wir können das Zimmer doch für uns haben, er schläft woanders, damit wir ungestört sind.«

»Ach, das ist aber lieb«, freute sich Anna, dass sich das Problem hatte lösen lassen. Hannes brachte sie und das Gepäck hinein, sperrte die Türe auf und ließ sie eintreten.

Das Zimmer war ein großer, eher karger Raum, doch was war beim Militär zu erwarten …

Sie stellten die Betten zusammen, und Hannes packte die Schmutzwäsche in die Waschmaschine. Dann führte er sie herum, zeigte ihr die Sanitätsstation und stellte sie den Kollegen vor, auch den beiden Ärztinnen Elli und Lexa. Dann führte er sie noch auf dem restlichen Gelände herum.

Nach einer erfrischenden Dusche gingen sie in die Küche der Sanitätsstation, und nachdem Anna begonnen hatte zu kochen, hatten sie regen Zuwachs an hungrigen Kollegen.

Das Essen war eine vergnügliche Angelegenheit, und später gingen sie ins Wohngebäude und plauderten an der Bar im Aufenthaltsraum.

Mani, ein großer Kerl aus Kärnten, unterhielt sich mit Anna.

»Sag, jetzt, wo du hier alles gesehen hast, würde es dir nicht auch Spaß machen, auf einen Einsatz zu fahren? Du hast die zivile Qualifikation. Was meinst?«

»Ja, ich denke, das würde mir auch Spaß machen, aber geht das auch?«, wollte Anna wissen.

»Klar geht das, die Fähigkeiten hast du. Du musst dich nur bewerben, dann bekommst du einen Sondervertrag für zivile Personen und fährst so wie Hannes«, antwortete Mani.

»Wie schaut das aus? Dürfen Ehepaare auch gemeinsam fahren?«

»Ja, das ist auch kein Problem«, sagte Mani. »Was ist, Hannes? Schreib was für deine Frau und das nächste Mal fahrt ihr gemeinsam.«

Ein wenig später gesellte sich noch Lexa, die Ärztin, dazu. Anna konnte sie ein wenig genauer betrachten: eine leicht mollige Frau, etwa ihre Größe, sympathisch, lustig und direkt, mit einer großen Hakennase im Gesicht. Sie unterhielten sich kurz, dann gingen Anna und Hannes schlafen.

Ganz leise, damit niemand sie hörte, liebten sie sich, genossen ihre Leidenschaft und ihre Liebe.

Am nächsten Tag lieh sich Anna ein Buch und sie legten sich auf das Dach der San-Staffel und nahmen ein ausgiebiges Sonnenbad.

Mani war auch da, und nach dem Laufen kam auch Lexa dazu. Im Gegensatz zu den anderen setzte sie sich nicht hin, um sich auszuziehen, sondern zog sich stehend aus. Anna beobachtete sie aus dem Augenwinkel. Lexa setzte sich dann mit gespreizten Beinen gegenüber Mani hin, das fand Anna schon ein wenig aufreizend. Das war ein Verhalten, das für sie nie in Frage käme.

Völlig nackt würde sie sich nie so einem Mann gegenüber hinsetzen, mit dem sie nicht näher bekannt war, doch vielleicht hatten die beiden sich hier kennengelernt und waren ein Paar geworden, dann wäre diese Pose klar.

Sie fragte Hannes: »Sag, die Lexa und der Mani, sind die ein Paar?«

»Nein, sind sie nicht«, antwortete Hannes. »Wie kommst da drauf?«

Anna erzählte ihm von ihrer Beobachtung und dass sie das als sehr intimes Verhalten empfunden hatte. Hannes meinte: »Nein, die Lexa ist einfach so.«

Als sie später von einem kleinen Spaziergang zurückkamen, saß Lexa bei Gerhard auf dem Schoß, und Anna dachte wieder an die Aussage von Hannes: »Die Lexa ist einfach so.«

Am Nachmittag duschten sie, cremten sich gegenseitig ein und liebten sich. Am Abend kochte Anna wieder, und wieder kamen viele, um mitzuessen, und anschließend schauten sie sich einen Film an.

14. Mai 2006

»Es ist schade, dass der Urlaub schon zu Ende ist«, seufzte Anna und schmiegte sich an Hannes. Sie hatten den letzten Tag wieder in Damaskus verbracht. Die Übelkeit, die Hannes zwei Tage zu schaffen gemacht hatte, war weg, und sie hatten die letzte Nacht im Hotel Sheraton verbracht.

Noch einmal liebten sie sich, dann wurde es Zeit, sich anzuziehen, Gerhard würde sie zum Flughafen bringen.

»Nur mehr einen Monat, mein Herz, dann komm ich nach Hause«, sagte Hannes, der sehen konnte, dass Anna mit den Tränen kämpfte.

»Gott sei Dank, ich kann es kaum noch erwarten. Dann werden wir den Sommer genießen, gemeinsam. Ich freue mich schon so darauf.«

Abschiede auf dem Flughafen konnte Anna nicht ausstehen, das war immer unrund. Fünf Minuten nachdem sie durch die Passkontrolle war, bekam sie eine SMS: »Du fehlst mir jetzt schon. Ich liebe dich.« Das zauberte dann doch wieder ein Lächeln auf ihr Gesicht.

Der Heimflug war ereignislos, und so landete sie wieder in Österreich.

Dunkle Ahnungen

Mit dem üblichen Stress startete sie in die Arbeitswoche, doch es gab einen Lichtblick: Spätestens Anfang September würde sie an ihren Wunscharbeitsplatz versetzt werden.

Und sie war unruhig, hatte ein ständiges Gefühl mentalen Missbehagens, wie ein Ziepen im Geist.

Hannes hatte sich einige Tage nicht gemeldet, das machte sie immer unruhig, und das beständige mentale Band war sehr schwach geworden. Anna wurde vor Sorge immer unruhiger, ja fast sogar panisch.

Was war los? Sie konnte fühlen, dass etwas nicht stimmte.

Sie äußerte das auch Günter und ihrer Freundin Johanna gegenüber, doch die beiden beschwichtigten sie, es sei sicher alles in Ordnung. Rotation machte immer viel Arbeit, und Anna versuchte sich zu beruhigen, doch in der Nacht hatte sie Alpträume von Verrat, Lüge und dunkler Bedrohung.

Nach mehr als zwei Wochen schrieb sie dann eine E-Mail an die offizielle Mail-Adresse, und endlich rief Hannes an.

Er erklärte, sie hätten sehr viel Arbeit gehabt, und dass sein Handy kaputt gegangen sei. Anna atmete erleichtert auf, alles hatte eine ganz logische Erklärung. Und es waren nur mehr zwei Wochen, dann hätte sie ihren Liebsten zurück, und eine wunderbare Zukunft wartete auf sie.

Doch das Träumen blieb schlimm und auch das Gefühl, dass etwas nicht stimmte. Es war, als würde das Universum ein paar Grad aus der Achse gekippt, es fühlte sich schräg an.

Eindeutig: Irgendetwas stimmte nicht. Anna kontaktierte Jenny und alle anderen, die sie wahrnehmen konnte, doch bei allen war alles in bester Ordnung. Warum nur hatte sie diese Vorahnung der Dunkelheit?

Das Universum kippt

15. Juni 2006

Endlich war der Tag gekommen. Hannes' Maschine war am Tag zuvor um 17 Uhr gelandet, und Anna wartete nur mehr darauf, ihn von der Kaserne abzuholen, von der Kaserne, wo sie ihn vor einem Jahr abgesetzt hatte.

Viel war geschehen in dem Jahr: Sie hatten eine Krise gemeistert, Anna hatte das Jahr ausgehalten, auch wenn es streckenweise sehr hart gewesen war.

Die Zukunft wartete, eine herrliche Zukunft in Liebe.

Und endlich um halb elf klingelte das Telefon. »Wir sind fertig, du kannst mich abholen. Treffen wir uns in einer Stunde beim Eingang der Kaserne.«

Anna nahm ihre Handtasche, legte Basil das Halsband an und machte sich auf den Weg. Die Fahrt dauerte ziemlich genau eine Stunde.

Sie hatte in den letzten Tagen noch alles geputzt, neue Vorhänge für das Schlafzimmer gekauft und aufgehängt und den Balkon schön hergerichtet. Das Essen für den Abend war eingekauft, und eine gute Flasche Wein lag im Weinregal für diesen besonderen Anlass.

Es fehlte nur mehr Hannes. Jetzt sollte die Zukunft beginnen. Anna empfand unbändige Freude, ein Glücksgefühl, das Herz wollte vor Freude Purzelbäume schlagen. Endlich, nach allen Irrungen und Wirrungen, begann die Zukunft. Eine wunderschöne Zukunft in Liebe, mit Hannes, das Leben konnte nicht besser sein.

Und da war er. Er kam über die Wiese gelaufen, in einer hellen Hose, rotes T-Shirt, die Haare länger als vor einem Monat.

Er rannte, flog auf sie zu, Umarmung, Drücken. Anna glaubte schon, ihre Rippen würden brechen, ein Kuss und noch mehr Drücken.

Basil hüpfte auf und ab, und Anna hatte Freudentränen in den Augen.

»Basil, was bist du groß geworden«, lachte Hannes, weil der Hund ihn fast umwarf.

»Ja, er ist schon ein ganz schöner Bär geworden, nicht?«, freute sich Anna. »Komm, hol deine Sachen und lass uns nach Hause fahren. Ich bin schon neugierig, ob dir die Veränderungen gefallen. Das Biotop ist sehr nett geworden mit der neuen Folie. Mein Gott, ist das schön, dass du da bist. Ich liebe dich!«

»Ich dich auch!«

Zu Hause angekommen, führte Anna Hannes umher, und als sie im Schlafzimmer angekommen waren, fielen sie einfach über einander her, ohne Umschweife, für langsame, genüssliche Liebe war später noch Zeit, jetzt wollte nur ein Bedürfnis erfüllt werden.

Der Kontakt brachte auch das mentale Band wieder zur vollen Stärke, doch da war ein Bereich, der Anna verschlossen blieb. Unruhe machte sich breit. Was war nur mit Hannes los? Das war noch nie so gewesen. Was war mit ihm geschehen? Irgendetwas stimmte nicht!

Anna beschwichtigte sich selbst. Er war ein Jahr im Ausland gewesen, eine andere Lebensweise, eine andere Kultur, das Camp, die Kollegen, das war die Antwort. Er würde Zeit brauchen. Und sie würde sie ihm geben, ihm mit ihrer Liebe dabei helfen, wieder zu Hause anzukommen. Jetzt hatten sie Zeit, alle Zeit der Welt.

Nach ausgiebigem Kuscheln meinte Anna: »Komm, lass uns auspacken.«

Doch Hannes wollte nicht, er meinte, er könne auspacken, wenn sie bei der Arbeit wäre, da hätte er genug Zeit dafür.

Am Abend kochten sie gemeinsam, unterbrochen von Scherzen und Küssen, eines von Hannes' Lieblingsgerichten und genossen anschließend den Abend auf dem Sofa.

Hannes kuschelte sich an Annas Hüfte.

»Oh, Herzi, hab ich dir schon gesagt, wie schön es ist, dass du wieder da bist? Die letzten Wochen waren für mich fast nicht mehr auszuhalten.

Es ist so gut, dass du jetzt zu Hause bist, ich kann dir gar nicht sagen, wie gut. Ich habe dich so sehr vermisst. Habe ich dir heute schon gesagt, dass ich dich liebe?«, schwärmte Anna.

»Ja, das hast mir heute schon ein paarmal gesagt, aber es ist schön, es zu hören«, erwiderte Hannes.

An diesem Abend wurde Hannes bald müde und sie gingen bald ins Bett, aneinandergekuschelt schliefen sie ein. Als Anna aufwachte, hatte sie nur Glücksgefühle. Endlich war sie nicht mehr allein.

16. Juni 2006

Es war Donnerstag, einer dieser Maifeiertage, strahlend schönes Wetter. Anna und Hannes tranken ihren Kaffee auf der Terrasse und genossen anschließend die Sonne.

Anna wanderte immer wieder zum Biotop, denn sie war völlig entzückt von den Molchen und Quappen, die ihr ein Arbeitskollege geschenkt hatte. Hannes folgte ihr, umarmte sie ganz liebevoll und knabberte an ihrem Hals.

»Das hast du super hingekriegt, die hellere Folie wirkt viel freundlicher und schöner, und dass wir jetzt sogar allerlei Getier im Biotop haben, finde ich schön, die Molche sind richtig putzig. Hoffentlich macht Basil nicht wieder alles kaputt.«

»Nein, Hannes, da sollte nichts passieren, die Folie hab ich wegen der Stärke so ausgesucht, da sollten seine Krallen keinen Schaden anrichten können«, lachte Anna. Sie küssten sich, die Umarmung wurde enger, leidenschaftlicher, und schließlich liebten sie sich auf der Terrasse im Sonnenschein.

»Also wirklich, wir sind ja fast unanständig, im Garten Liebe zu machen«, kam die gespielte Entrüstung von Anna, doch insgeheim hatte sie das sehr schön gefunden, diesen speziellen Augenblick zu genießen, im Garten, bei Tageslicht. Das Leben war einfach schön.

Die erste Erfahrung mit dem Laufen war für Anna sehr anstrengend, doch es ging um den Spaß und die Bewegung. Gemeinsam erstellten sie das Trainingsprogramm für die nächsten Wochen und beschlossen, das ausgefallene Essen zum Hochzeitstag am Abend nachzuholen.

Das Wetter war mild, und so konnten sie im Gastgarten sitzen, unter den Kastanien, das gute Essen genießen und wieder ihre Ehe und das Versprechen erneuern.

»Hannes, es ist so schön, dass wir beide unsere Probleme gemeinsam gemeistert haben. Jetzt bleiben wir für immer zusammen und gestalten unsere Zukunft. Ich liebe dich!«, versprach Anna.

»Ja, wir bleiben für immer zusammen. Ich liebe dich auch.«

Sie plauderten noch eine Weile mit dem Lokalbesitzer und fuhren dann nach Hause. Gemeinsames Kuscheln und Einschlafen.

17. Juni 2006

Hannes brauchte dringend ein neues Handy, denn seines war durch den Wüstensand wirklich kaputt, und Anna wollte gerne einen kleinen Pool für die Terrasse.

Also gingen sie einkaufen. Das neue Handy und den Pool eingekauft, wollte alles auch installiert und eingerichtet werden, und so verging der Tag schnell und geschäftig. Als das Handy funktionierte, rief Hannes seine Geschwister und seine Eltern an und lud sie zu einem Essen am Sonntag ein, »Willkommensfest«, Anna wollte mexikanisch kochen.

So glücklich Anna war, ein gewisses Missbehagen blieb, denn da war ein Bereich in Hannes, aus dem sie ausgeschlossen war.

Und sie erinnerte sich, dass in der Broschüre für Angehörige da so einiges gestanden hatte, über posttraumatischen Stress und Anpassungsstörungen. Sie nahm sich vor, die Broschüre zu suchen, vielleicht war dort eine Antwort zu finden.

Denn Anna hatte gelernt, ihren mentalen Eindrücken zu vertrauen, und hier war etwas aus dem Lot, etwas war gar nicht in Ordnung. Das mentale Missbehagen verdichtete sich von Stunde zu Stunde, und obwohl Hannes lieb und zärtlich war, die Verbindung kam nicht vollständig zustande, außer wenn sie sich liebten. Da waren sie eins, gingen ineinander auf.

18. Juni 2006

»So, den Braten habe ich im Rohr, jetzt haben wir noch zwei Stunden Zeit, bevor ich mit dem Rest beginnen muss«, flüsterte Anna Hannes ins Ohr.

Hannes küsste sie zärtlich, dann inniger, und sie ließen sich von ihren Gefühlen davontragen.

»Wollen wir nach oben gehen?«

»Ja, mein Herz! Lass uns nach oben gehen.« Sie nahmen sich Zeit, genossen ihre Zärtlichkeit, liebten sich und machten ein Nickerchen. Anschließend gemeinsame Dusche und Kochen. Anna fühlte sich so gut, sie hätte fliegen können, so viel Liebe empfand sie.

Das Essen war ein Erfolg, ein Familienfest mit Umarmungen, Lachen und Spaß. Hannes zeigte Fotos vom Golan, Diashow auf dem Laptop.

Während des Essens nahm Anna eine subtile Veränderung an Hannes wahr, die während der vergangenen Stunden noch nicht da gewesen war. Traurigkeit, fast Verzweiflung, sie musste dringend diese Broschüre finden, vielleicht brauchte er Hilfe, die sie nicht bieten konnte.

Und am nächsten Tag musste sie auch wieder arbeiten gehen. Das Missbehagen wurde immer größer, was sie da »mithörte«, machte ihr Angst.

Was sie »hörte«, passte nicht zu Hannes. Da war kein Grund für Verzweiflung, sie waren wieder zusammen, die Liebe hatte gesiegt, sie gingen in die Zukunft – was machte ihm diese dunklen Gefühle? Was machte ihm Angst, was zerriss ihn denn so? Was verbarg er im Inneren?

Das Unfassbare

19. *Juni 2006*
Der Arbeitstag war von Stress erfüllt gewesen wie immer, doch Anna konnte gut damit umgehen, jetzt, da ihr Mann wieder da war.

Sie würde nach Hause kommen, und da würde er auf sie warten. Alles war gut, zumindest fast alles.

Anna wollte dem Grund für die Zerrissenheit nachgehen und auch versuchen, diese Emotionen zu heilen. Sie war sich der Tatsache bewusst, dass ein Jahr im Ausland einen Menschen verändert, und auch sie hatte sich verändert, doch gemeinsam und in Liebe konnten sie diesen Gefühlen nachspüren, die Gefühle dann in Liebe annehmen und wandeln. Liebe hatte sie so weit gebracht, sie hatten Lebenskrisen gemeistert, damit konnten sie in Liebe auch fertig werden. Vielleicht würde es ein bisschen brauchen, doch Zeit hatten sie.

»Ja, Zeit. Hannes braucht Zeit, um nach Hause zu kommen, auch mental zu Hause anzukommen. Ich werde ihn unterstützen, ihm Zeit geben und Liebe«, dachte Anna auf dem Weg nach Hause.

Hannes öffnete die Tür, ein Lächeln auf den Lippen, Basil hüpfte herum und Anna freute sich über diese Begrüßung. Das war genau das, was sie vermisst hatte im letzten Jahr.

Später setzten sie sich auf die Terrasse, und Anna fühlte wieder dieses tiefe Missbehagen.

»Hannes, du bist blass, geht es dir nicht gut?«, fragte Anna.

Ein längeres Schweigen von Hannes folgte, dann nach zwei Ansätzen: »Ich fühle mich nicht so gut in den letzten Tagen. Ich habe einen Fehler gemacht, als ich sagte, ich könne ohne Kinder leben. Lass uns das beenden, bevor ich dir dann in ein paar Jahren aus Verzweiflung davonlaufe.

Ich habe dich sehr lieb, doch als ich gestern Cora gesehen habe, schwanger mit ihrem zweiten Kind, ist für mich eine Welt zusammengebrochen. Ich habe einen Fehler gemacht. Ich will die Scheidung, die Schulden übernehme ich, denn ich kann sie viel leichter abbauen«, platzte es aus Hannes heraus.

Anna fühlte sich, als hätte sie einen Tritt in den Bauch bekommen

»Hannes, das kann es jetzt aber auch nicht sein! Wenn es daran liegt, dann machen wir noch mal eine IVF. Jetzt, wo ich dann einen stressfreien Job kriege, wird das auch klappen.«

»Noch so eine IVF halte ich nicht aus. Außerdem, ich habe dich zwar sehr lieb, doch es ist nicht mehr wie früher«, sagte Hannes.

Anna war erschüttert. Was bekam sie da zu hören? Klar war es nicht mehr wie am Anfang, nach sieben Jahren war man nicht mehr verliebt.

Moment, da war noch mehr! Sie konnte es fühlen, das war nicht der Grund, die wenigen Briefe seit März, der mangelnde Kontakt in den letzten Wochen. Da stimmte viel mehr nicht.

»Ich bin damit nicht einverstanden, mit Scheidung. Ich weiß, irgendwann werde ich mich nicht mehr wehren können, doch ich bin nicht einverstanden!«, brach es aus Anna heraus. »Hannes, sag mir, was vorgefallen ist! Da ist mehr! Ich liebe dich, ich vertraue dir!«

Während sie das sagte, zuckten seine Mundwinkel. Da war etwas, was er nicht sagen wollte!

Er hatte sie betrogen!!!

Anna holte die Briefe, die sie im vergangenen Jahr erhalten hatte.

»Hier, das sind deine Briefe, und dann sag, du hast einen Fehler gemacht. Sicher nicht im September, denn das hier sind die Briefe eines Mannes, der liebt, mit dem ganzen Herzen. Was ist vorgefallen in den letzten zwei Monaten?«, wollte Anna energisch wissen.

»Ich habe jemanden kennengelernt. Ich habe nie geglaubt dass mir armem Würstel so etwas passieren könnte, doch ich habe sie sehr lieb!«

Fassungslosigkeit, Unglauben, heftiges Aufbegehren, tiefe Verletzung machten sich in Anna breit.

»Wer ist sie?«

»Die Lexa.«

»WAS? Du kennst diese Frau ja kaum! Du hast keine Ahnung, ob du mit ihr leben kannst. Weiß sie von den Schulden?«

Anna stand in Flammen vor Schmerz über diesen Liebesverrat, diesen Betrug.

»Du hast mich im Camp vorgeführt wie einen Affen, alle wussten das. Du hast mich vorgeführt, vor dieser Frau und deinen Kollegen. Deine ahnungslose, liebende Frau!«, empörte sich Anna.

»Nein, sie wussten nichts, und außerdem, du wolltest unbedingt hin. Lexa war es ohnehin nicht recht!«

»Als deine Frau war es natürlich, dass ich sehen wollte, wo du gelebt hast. Ich hätte nie damit gerechnet, dass du mich betrügst. Die Männer deiner Familie lieben nur einmal und dann für immer! Super. Und ihr war es nicht recht? Spinnt die denn? Du bist mein Ehemann, und du hast mich mit ihr betrogen!« Jetzt war sie so richtig zornig.

Er blickte sie an. »Betrogen habe ich dich nicht!«

Da brach es aus Anna heraus: »Ich bin doch nicht dumm – nur weil du ihn nicht reingesteckt hast! Man kann jede Menge andere Dinge miteinander machen, das ist auch Betrug!«

Hannes hatte den Anstand, schuldbewusst dreinzuschauen, und da war es wieder, das Gefühl.

Er stand in der Ecke, verzweifelt, zerrissen, zwischen den Fronten, traurig und …?

Anna versuchte ihn zu erreichen, mental und mit Liebe, doch da waren nur Verzweiflung, Schmerz, Zerrissenheit und Verwirrung.

Dann brach er einfach in Tränen aus, wurde von Schluchzern geschüttelt, dass Anna ihn umarmte, und obwohl sie selbst weinte, begann sie mit einer Reiki-Schockbehandlung, um ihn zu stabilisieren.

»Anna, ich möchte heute bei den Eltern schlafen. Ich muss nachdenken«, verlangte Hannes.

»Bitte versprich mir, dass du morgen, wenn ich vom Dienst komme, hier bist, dann können wir ruhiger über alles sprechen«, verlangte Anna.

»Ich verspreche es, ich werde hier sein.«

Und so kam es auch. Ferdinand und Vera kamen eine halbe Stunde, nachdem Hannes sie angerufen hatte.

20. Juni2006

Doch Hannes kam nicht wie versprochen. Als Anna nach Hause kam, war er mit allen Sachen, mit denen er vom Golan nach Hause gekommen war, weg. Den Hausschlüssel hatte er auf das Schlüsselbrett gehängt. Einfach ohne ein weiteres Wort gegangen, ohne einen kleinen Zettel, nur gegangen.

Annas Welt brach zusammen.

Dunkelheit

Annas Tagebuch, 22. Juni 2006

Eigentlich habe ich dieses Buch gekauft, in Damaskus, um einen Reisebericht zu schreiben. Anna und Hannes in Damaskus, doch jetzt schreib ich meinen Frust darin auf.

Hannes hat mich vor drei Tagen verlassen, weil ich keine Kinder kriegen kann und weil er eine andere Frau kennengelernt hat, am Golan, und in die ist er jetzt ganz verliebt! Außerdem ist sie jünger und kann Kinder kriegen.

Für mich steht meine Welt einfach kopf, ich kann es nicht begreifen, was da passiert ist. Es hat mich aus heiterem Himmel getroffen, völlig unvorbereitet. Mein Mann würde mich NIE betrügen.

Ich weiß nicht, was ich machen soll.

Ich liebe ihn, mit meinem ganzen Herzen, meiner ganzen Seele, er ist mein Herz, meine Motivation, meine Freude. Er ist mein Leben.

Momentan schleppe ich mich nur von Minute zu Minute, ich atme, ich gehe, esse nicht wirklich, fahre zur Arbeit und schlafe irgendwann vor Erschöpfung ein. Ich existiere als Hülle, denn da, wo mein Herz ist, nur Schmerz.

Der Muskel pumpt, aber dort, wo so viel Freude und Liebe war, ist nur Schmerz.

Ich begreife es wirklich nicht, ich war ein ganzes Jahr alleine, und wenn es mir schlecht ging, habe ich mir gesagt, er tut das für uns, und ich halte es auch aus, FÜR UNS!

Jeden Abend habe ich liebevolle Gedanken geschickt und meine Liebe.

Und jetzt ist es einfach so abgetan? Weil ich auf normalem Weg keine Kinder mehr kriegen kann? Das war ihm immer bekannt, und trotzdem, in diesem Wissen hat er mich geheiratet, mir ein Versprechen gegeben.

Ich habe mich so gefreut, dass er jetzt nach Hause kommt, dass dieses lange, harte Jahr vorüber ist. Und zuerst war es ja auch toll, wir haben Liebe gemacht, heiß und leidenschaftlich, wir haben uns die Terrasse für den Sommer hergerichtet und einen kleinen Pool gekauft, damit wir in der Hitze erotisch spielen können. Und nach fünf Tagen hat er mich verlassen, ich habe seit Montag nichts mehr von ihm gehört.

Ich sitze wieder alleine zu Hause und bin total verzweifelt und unglücklich, Unverständnis ist in mir.

Nach zwei Monaten, noch dazu im Camp am Golan, schmeißt er alles hin, wo er doch gar nicht weiß, ob er mit dieser Frau überhaupt leben kann, ob sie seine Macken toleriert, seinen Egoismus, nicht mal die einfachsten Dinge weiß er!

Und dafür schmeißt er sieben Jahre einfach so hin! Will uns noch nicht mal eine Chance geben.

Er fragt noch nicht mal, wie es mir geht. Bin ich ihm auf einmal so egal?

Ich habe jeden Tag seine Briefe wieder gelesen, all die Liebe, all die Leidenschaft, unsere Pläne können doch nicht völlig verschwunden sein?

In meiner Verzweiflung habe ich die Hotline für Angehörige angerufen, und der Psychologe dort hat mir gesagt, dass es oft passiert, wenn die Leute nach zwölf Monaten im Ausland nach Hause kommen, dass die dann austicken.

Ich soll Geduld haben und stark sein!

Das ist aber sehr schwer, denn ich habe Angst, Angst, dass Hannes sich so verrannt hat und ich ihn dabei für immer verliere.

Ich wäre bereit, uns trotzdem eine Chance zu geben, auch noch mal eine IVF zu versuchen, jetzt, wo ich beruflich wieder stressfrei sein werde.

Kann er unsere Liebe einfach so verdrängt haben?

Ich hatte am Montag zweimal den Eindruck, dass ich ihn dort bei seinen Emotionen und seiner Liebe zu mir erreicht hatte, aber dann ist er heulend zusammengebrochen und dann einfach davongelaufen.

Und Dienstag war er weg, obwohl er mir versprochen hatte, da zu sein, wenn ich von der Arbeit nach Hause komme. Ohne Worte!

Ich habe wieder die Briefe gelesen, und noch am 10. März schreibt er, wie sehr er sich auf den Bauernhof freut und dass er sich Fachbücher gekauft hat, dass er mich liebt, und dann?

Ich wünsche mir so sehr, dass er sich meldet. Dass er nach Hause will, zu mir in meine Arme, in mein Bett.

Ich vermisse ihn so sehr, ich möchte ihn berühren, halten, kuscheln, Liebe machen. Ich will nur meinen Mann zurückhaben, den Mann, der mir diese wunderbaren Briefe schickt, den Mann, der mich liebt!

Dabei bin ich selber schuld, ich habe ihn ermutigt, zum Laufen getrieben. Ich habe ihn gehen lassen, weil ich ihm vertraut habe.

Niemals wäre ich auf den Gedanken gekommen, dass er es so weit kommen lässt und mit einer anderen Frau was anfängt, noch dazu in einer Ausnahmesituation.

Flirten und Spaß haben verstehe ich, aber da sollte es auch enden.

Aber das sind meine moralischen Werte, niemals einen Mann, der verheiratet ist, so gut könnte mir der Mann gar nicht gefallen.

Ich hoffe sehr, dass der Psychologe recht hat und das Ganze nur ein »Post-Golan-Koller« ist, eine Anpassungsstörung, die sich wieder gibt, dass er denkt, sich erinnert, erinnert, wer wir sind, unsere Liebe, unsere Pläne.

Mögen die Engel mir helfen!

Wieder ein neuer Tag. Anna stand auf, ging wie immer nach unten, sie funktionierte wie eine Maschine. Kaffeemaschine aufgedreht, Basil in den Garten lassen, duschen und sich für die Arbeit fertig machen.

Tiefe Seufzer entschlüpften ihr, die Verzweiflung war viel zu groß. Zu allem Überdruss hatte sie noch schweren Durchfall, die latente Colitis machte sich bemerkbar, wie immer, wenn es Stress oder Kummer gab. Kummer war in den letzten Jahren selten der Grund gewesen, doch bei dem schweren psychischen Schock! Verständlich.

Sie fuhr zur Arbeit, überlebte wieder einen weiteren Tag, den Hals zugeschnürt, Herzrasen, Beklemmung, einfach krank. Todkrank!

Nach der Arbeit fuhr sie nach Hause, viel Arbeit wartete, der Rasen musste gemäht werden, und die Vermieterin wollte Büsche gezwickt haben.

Essen war nicht möglich, sie hatte jeden Tag ein Kilo verloren, und das bei einem Ausgangsgewicht von 55 Kilo. Dazu kam noch der Durchfall.

Anna fühlte sich furchtbar!

Wie war so ein Liebesverrat möglich?

Tagebuch, 23. Juni 2006, 19.25 Uhr

Wieder ein Tag vorbei und Hannes hat sich nicht gemeldet.

Jenny hat ihn gestern gesehen, und sie sagt, es geht ihm gut. MIR geht's aber gar nicht gut, ich schleppe mich durch die Gegend oder irre durch das Haus und den Garten.

Beim Telefonat mit Jenny habe ich einfach losgeheult, als wäre ich ein kleines Kind.

Ich verstehe jetzt, was mit »Herz brechen« gemeint ist, ein beständiger Schmerz in der Brust und Leere, als wenn die Brust entzweigerissen würde.

Was ist passiert mit der großen Liebe?

Ich warte auf ein Zeichen von Hannes, er kann doch sieben Jahre nicht völlig verdrängt haben?

Mein Schmerz macht mir selber Angst, denn ich bin mir nicht sicher, wie lang ich meine Verzweiflung beherrschen kann. Denn ehrlich gesagt, ich möchte mir nicht vorstellen, wie ich existieren soll, so möchte ich nicht weiterleben, weggeworfen, weil alt und unfruchtbar.

Ich persönlich glaube nicht, dass die GESCHICHTE gut gehen kann, denn die beiden haben sich bei Sun, Sport & Fun kennengelernt und verliebt. Und das hat wenig mit dem realen Leben zu tun.

Aber ich kenne auch Hannes, wenn er sich mal verrennt, dann gewaltig.

Jetzt lebt er auch wieder in so einer »Kommune«, seine Familie, da ist immer jemand da, so kann er gar nicht zu Hause ankommen.

Er ist im Geist immer noch am Golan.

Doch ich bin die Angeschmierte, ein Jahr treu zu Hause! Ich habe gearbeitet, für uns geschuftet, gespart für unsere Zukunft, wo bitte ist jetzt meine Zukunft?

Seit vielen Jahren will ich so gerne noch ein Kind. Am Anfang haben wir gewartet und es nur 1x versucht. Ich bin noch jung genug. Wir könnten es noch mal versuchen, und es würde klappen.

Lieber Gott, Ich vermisse ihn, ich brauche meinen Mann.

Bitte, Gott, hilf mir!

Dann war Dunkelheit, Anna brach völlig zusammen. Blackout, völlige Überlastungsreaktion. Blackout für mehrere Stunden, der totale Zusammenbruch.

Depressionen

Tagebuch, 1. Juli 2006

Liebes Frustbuch!
Ich bin froh dass ich Dich gefunden habe in Deinem Versteck. Ich weiß nicht,
warum Hannes Dich hier in dem Korb versteckt hat.
Viel ist passiert seit dem letzten Eintrag, ich bin am Freitag (23.6.2006)
völlig zusammengebrochen. Ich kann mich nicht mal daran erinnern.
Hannes hat nicht gefragt, wie es mir geht. Und auch seine Eltern nicht,
die sind laut Bert böse auf mich. Tja, da fragt man sich: Wo ist die Mensch-
lichkeit?
Die letzten Tage hatte ich das Vergnügen, im Krankenhaus zu verbringen.
Man hat mir versichert, dass es nach so einem massiven psychischen Trauma
leicht dazu kommen kann, dass man völlig zusammenbricht. Akute Über-
lastungsreaktion, ansonsten wäre ich völlig gesund.
Das war auch alles zu viel, zuerst der Gewaltakt, dieses Jahr auszuhalten,
und dann das.
Ich bin immer noch ganz traurig, dass Hannes mich so wegwirft, bin aber
geneigt, all den Psychologen zu glauben, dass er auch völlig aus dem Lot
ist.
Und er ist verliebt, das ist ähnlich der geistigen Umnachtung, da sieht
niemand klar.
Die Nächte sind für mich besonders schlimm, denn da träume ich an-
dauernd von Hannes, greif neben mich und ins Leere. Das ist immer ganz
schlimm, weil ich so ein Verhalten einfach nicht begreifen kann.

Anna war in ihrem Leid und Schmerz völlig gefangen. Ein Tagebuch zu
schreiben half bei der Frustbewältigung.

Ihre Seele stand völlig unter Schock, und das hatte körperliche Auswirkungen. Sie hatte mehrere Kilo Gewicht verloren, konnte auch nicht essen, sie litt unter Panikattacken.

Sie war nicht mal imstande, einkaufen zu gehen, das Einzige, was sie schaffte, war, ihren Freund Günter zu treffen, aber das auch nur zu Hause.

Auch Berührung konnte Anna nicht ertragen, an Ausgehen oder Arbeiten war nicht zu denken, die Psychotherapie war immer eine Herausforderung, da sie dazu in eine nahe gelegene Ortschaft fahren musste.

Doch sie fuhr hin. Hannes hatte sich nicht gemeldet und auch seine Eltern nicht. So als ob Anna gar nicht existieren würde. Nur Bert versuchte sich um Anna zu kümmern, doch mit einem Job und als Familienvater konnte er auch nicht viel Zeit aufbringen, und er war mit der ganzen Situation hoffnungslos überfordert.

Annas einziger wirklicher Kontakt war mit Günter, er erledigte die Einkäufe und nahm sich Zeit für Gespräche.

Ansonsten blieb Anna in Haus und Garten, denn die Außenwelt konnte sie nicht ertragen, sie bekam allein bei dem Gedanken hinauszugehen Panikattacken.

Tagebuch, 2. Juli 2006

Heute geht es mir gar nicht gut, in den letzten beiden Tagen war es in Ordnung, und heute bin ich heulend wach geworden.

Am meisten macht mich fertig, dass Hannes nicht mal fragt, wie es mir geht. Er verhält sich, als würde es mich nicht geben.

Ich glaube, er verdrängt alles.

Eigentlich sollte ich mit mir schimpfen, weil ich so unglaublich dumm bin.

Heute hatte ich kurz das Gefühl, er würde an mich denken, da sieht man wieder, Einbildung ist auch eine Bildung.

Ich war auf jeden Fall sehr fleißig, habe gebügelt, den Pool ausgelassen, habe einen Brief begonnen, als Frustbewältigung.

Ansonsten habe ich mich durch die Gegend geschleppt, ach ja, und ich habe einen neuen Schreibtischsessel bestellt.

Sonst denke ich den ganzen Tag nach, weil ich das alles nicht verstehe. Ich lese die Briefe wieder und wieder, da war nichts zu merken, das sind wunderschöne, intime Briefe, voller Liebe. Was ist da bloß passiert?

Ich hab mich so auf den Sommer gefreut, auf Kuscheln, Kochen, Träumen, sogar aufs Laufengehen.

Bert hat mich grade angerufen, so wie er klingt, habe ich Hannes wirklich verloren und die Familie spielt kräftig mit. War ich wirklich so naiv? Hat er mich wirklich so belogen?

Warum ist er davongelaufen und sucht kein Gespräch mit mir?

Ich habe dieses Jahr ausgehalten, nur für unsere Beziehung, für unsere Zukunft, für das Bauernhaus.

Das Ganze passt alles überhaupt nicht zusammen: zuerst leidenschaftliche Liebe und dann meine Existenz negieren. Und ich kann mich nicht mal wehren, das ist kein schönes Gefühl. Aber ich muss es ertragen, und das ist sehr schwer.

Ich habe geglaubt, Hannes ist mein Seelenpartner. Ich habe geglaubt, wir sind für einander bestimmt, durch viele Leben miteinander verbunden. Sollte ich mich so getäuscht haben?

Viele Fragen und keine Antworten.

Ich finde das mit Vera und Ferdinand sehr merkwürdig. Na ja, kommt Zeit, kommt auch Rat.

Am schlimmsten finde ich meine Ohnmacht, meine nicht mehr existenten Zukunftspläne.

Anna fühlte sich schlimm, und offensichtlich fand das auch Günter, als er an diesem Nachmittag zu Besuch kam.

»Anna, du musst zum Arzt gehen, es gibt Medikamente, die du nehmen kannst, dann fühlst du dich besser und kannst die akute Phase besser meistern. In einiger Zeit kannst du sie dann reduzieren, aber es ist nichts Schlimmes dabei«, äußerte Günter sehr besorgt.

»Ich will das nicht, das Zeug macht süchtig, ich habe noch nie so was genommen. Ich habe einfach einen schweren Schock«, wehrte sich Anna.

»Anna, als dein bester Freund sage ich dir, du musst etwas tun. Ich gehe mit dir zum Arzt, wenn du es alleine nicht schaffst. Aber bitte geh hin, ich kann dich gar nicht anschauen. Was wiegst du denn? Du bist so dünn geworden.«

Anna dachte nach und erkannte, dass Günter recht hatte.

»Also gut, ruf an, dann gehen wir hin. Was ich wiege? 47 Kilo.«

Günter nahm die Zusage erleichtert zur Kenntnis. Er begleitete Anna, und wenige Stunden später hatte sie Medikamente zur Ersten Hilfe, vor allem gegen die Panikattacken, und etwas, damit sie schlafen konnte.

Anna erkannte auch immer mehr, welch wertvollen Freund sie in Günter hatte. Er war immer da, zu jeder Zeit, und er redete mit ihr.

Auch alle anderen, denen sie davon erzählt hatte, waren fassungslos, und alle waren sich einig, dieses Verhalten war nicht normal.

Alle, die Hannes kannten, sie beide als Paar, waren noch geschockter, denn niemand wäre auf die Idee gekommen, dass Hannes seine Anna jemals betrügen oder gar verlassen würde. Sie waren doch immer so ein »Traumpaar« gewesen.

Das tat Anna zwar gut, doch helfen konnte ihr niemand.

Sie lebte sehr zurückgezogen.

Tagebuch, 6. Juli 2006

Heute habe ich einen schönen Satz gehört: »Ich habe dich geliebt, mehr als alles andere auf der Welt, und du hast mir das Herz gebrochen.« Das trifft es auf den Punkt.

Ich muss mich damit abfinden, was mein Mann mir angetan hat, vielleicht auch, dass ich ihn für immer verloren habe, und ich liebe ihn immer noch.

Warum hat er mich behandelt, als wäre ich Scheiße?

Zumindest habe ich dank der Medikamente gut geschlafen. Nur werde ich wach und denke sofort an Hannes.

Ich wünsche mir so sehr, dass er sich meldet, ich brauche ein Gespräch, Klärung.

Ich denke an all die schönen Dinge, die wir erlebt haben, all unsere Liebe, alles, was wir gemeinsam geschafft haben. Warum hat er uns keine Chance gegeben?

Ich war laufen, eher laufen – gehen – laufen, doch zumindest habe ich mich aus dem Haus getraut, wenn auch nur in den Wald.

Es ist so schwer, meine Träume zu begraben. Und ich leide sehr unter der Feigheit von Hannes, doch sein Verhalten zeigt sehr deutlich, wie unreif er doch ist.

Er ist zu feige, mit mir zu sprechen, denn ich glaube, er hat Angst, dass ihn dann seine Liebe zu mir einholt.

Lieber Gott, ich bitte um ein Wunder! Ich bitte um eine Chance.

Die Tage verliefen für Anna gleichförmig in ihrem Ringen nach Überleben. Aufstehen, Basil in den Garten lassen, Kaffee machen. Das Wetter war sehr sonnig und heiß und sie verbrachte viele Stunden im Garten.

Ihre Gedanken waren einzig beherrscht von dem unfassbaren Verrat und dem noch viel unerklärlicheren Verhaltens ihres Mannes. Es war, als hätte sie aufgehört zu existieren, noch schlimmer, die gesamte Familie verhielt sich, als würde es Anna gar nicht geben.

Tagebuch, 9. Juli 2006

Guten Morgen, liebes Frustbuch, heute war das Erwachen besonders schlimm, denn ich habe von Hannes geträumt, und es war ein schöner Traum. Danach ist das Wachwerden immer schlimm.

Heute kommt meine Mutter zu Besuch, wir haben uns schon ewig nicht mehr gesehen, doch jetzt in der Krise ist sie ein Fels in der Brandung, obwohl sie meine Gefühle für Hannes nicht versteht.

Sie würde ihn eher hassen als immer noch lieben, doch ich kann nichts für mein Herz, und mein Herz liebt.

Heute nach dem Traum ist der Tag wieder ziemlich schlimm, ich kann es zwar dank der Medikamente aushalten, doch ich weiß nicht, wie ich so weiterexistieren soll, ohne Hannes.

Ich wünsche mir so sehr, dass alles wieder in Ordnung ist.

Noch nie in meinem Leben war ich depressiv, und jetzt kann ich mir oft nicht vorstellen, am nächsten Morgen aufzustehen, zu atmen oder zu arbeiten. Ich will, dass diese Qual ein Ende hat.

Ich liebe ihn so sehr, jetzt weiß ich, was es heißt, sich zu Tode zu kränken oder an gebrochenem Herzen zu sterben.

Und wieder lese ich diese Briefe und verstehe die Welt nicht mehr. Vor drei Monaten freut er sich auf den Bauernhof, schickt mir süße Sachen zum Anziehen, und dann das.

Kann der Koller so schlimm sein?

Oder hat ihn diese Frau so hörig gemacht, dass er alles, was ihm bis jetzt wichtig war, einfach über Bord wirft?

Was hat diese Frau mit ihm angestellt?

Fragen, viele Fragen ohne Antwort.

Ich war mein ganzes Leben lang psychisch so robust, warum verkrafte ich das jetzt so schwer? Solange ich Hannes kenne, hatte ich immer das Gefühl, ich bin absolut alles für ihn, diese Gefühle können doch nicht alle weg sein. In was hat er sich da hineinmanövriert?

Ich glaube nicht, dass es ihm gut geht, und ich weiß in meinem Inneren, dass diese Frau ihn nie so lieben kann, wie ich es tue.

Liebe Engel, warum habt ihr das zugelassen? Ihr habt ihn mir doch bestimmt und geschickt.

Tagebuch, 17.30 Uhr

Ich habe es geschafft zu meditieren, das hat richtig gut getan!

Hannes ist vom spirituellen Weg abgekommen in diesem Jahr am Golan, aber bei so viel Machogehabe und Testosteron kein Wunder. Und dann noch freizügige Frauen, alles klar.

Er ist mein Seelenpartner, und ich habe noch nie bei einer Trennung so gelitten. Aber eine Trennung ohne Gespräch hatte ich noch nie. Früher war es eben aus, gut, wir trennen uns, alles ist geklärt, das Leben geht weiter.

Nie zuvor hatte ich das Gefühl, mir sei das Herz aus dem Leib gerissen worden, nie körperliche Symptome.

Ohne Medikamente könnte ich das gar nicht aushalten.

Trotzdem, ich verstehe die Welt nicht mehr, mein Hannes wirft mich weg wegen einer Frau, die er gar nicht richtig kennt. Warum kann er denn nicht einmal wirklich nachdenken? Das kann nicht gut gehen.

Ich hätte mich nie mit einem Mann eingelassen, der verheiratet ist, aus Prinzip nicht.

Die Ehe ist heilig, ein Versprechen zwischen zwei Menschen vor Gott, da stellt man sich nicht dazwischen, das ist unmoralisch. Ganz egal, wie gut einem der Typ gefällt, das macht man nicht!!

Ich glaube, es ist deshalb so schwer, weil mir meine andere Hälfte fehlt. Meine Seele sucht nach ihrer Ergänzung. Manchmal fühle ich Hannes für einige Momente und nehme wahr, dass es ihm nicht gut geht.

Ich will ihn so gerne erreichen, ihn heilen, heil werden, gemeinsam eins sein im Gleichklang. Zwei Hälften eines Ganzen.

Doch leider ist es nicht so. Mein Herz schlägt alleine weiter, ich leide, und so atme ich ein und aus, gehe, stehe, liege und vegetiere vor mich hin. Und ich bete!

Meine Seelenqual wird nicht besser. Meine Nerven halten das alles nicht aus. Ich versuche in der Sonne Energie zu tanken, doch auch das hilft nicht wirklich.

Sogar Jenny kümmert sich nicht um mich, sie ist doch mehr Berts Frau, mehr in der Familie von Hannes.

Hannes hat mich somit auch von meiner Tochter getrennt, denn sie hat ihren Mann, und der ist Hannes' Bruder, sie hat ihre Tochter, und mich braucht sie nicht. Sie ist mit ihm mehr zusammen als mit mir, das ist grausam.

Lieber Gott, bitte hilf mir!

Anna verbrachte ihre Tage in völliger Verzweiflung, in absoluter Isolation, sie kämpfte um jeden Atemzug, jeden Herzschlag.

Die körperlichen Symptome waren sehr heftig: Herzrasen, Panikattacken und Atemnot, Appetitlosigkeit und meist schwerer Durchfall.

Tagebuch, 11. Juli 2006

Imaginärer Brief an Hannes:
Ich war heute bei der Therapie, der Schmerz der Trennung ist nach wie vor nicht auszuhalten. Ich habe gespeicherte Briefe am PC gefunden, die ich Dir voriges Jahr geschickt habe. Da steht in einem drin, wenn Liebe nicht genug ist, was ist denn dann genug. Ich sehe das immer noch so.
Ich liebe Dich, und ich kann fühlen dass Du mich auch noch liebst.
Ich bete jeden Tag zu den Engeln und zu Gott, dass sie Dich mir zurückgeben, denn sie haben Dich mir ja auch geschickt.
In der Nacht, wenn ich schlafe, dann träume ich von Dir, dann ist die Welt wieder heil für mich. Nur, wenn ich wach werde, bist Du nicht da. Die Tage vergehen für mich in unendlicher Qual und Agonie, und ich wünsche mir so sehr, dass dieser böse Traum endlich vorbeigeht. Wir sollten doch jetzt glücklich sein, den Sommer genießen, aufeinander achten, uns lieben.
Und so sterbe ich innerlich jeden Tag ein Stückchen mehr, denn ohne Dich bin ich nur halb. Dass Du Dich nicht meldest, ist unmenschlich und sehr respektlos noch dazu.
Wäre es denn so schwer, mich zu fragen, wie es mir geht?
Du bist verheiratet, und zwar mit mir. Ich kann Dir Deine Affäre verzeihen, machen wir gemeinsam eine Paartherapie oder was auch immer nötig ist, aber höre auf, vor Deiner Verantwortung davonzulaufen.
Ich mache mir große, ja sogar sehr große Sorgen um Dich. Du hast ein posttraumatisches Stresssyndrom und brauchst Hilfe, genauso wie ich.
Auslandseinsätze haben leider solche Auswirkungen, und ich bin sozusagen auch ein Kriegsopfer geworden. Du bist auch zerrissen und ich fürchte mich davor, wenn das alles aus Dir hervorbricht.
Ich bin hier, ich bin Deine Frau, ich bin dazu da, mit Dir alle Schwie-

rigkeiten zu meistern, und ich mache das gerne, denn ich liebe Dich mit meinem ganzen Herzen und meiner ganzen Seele.

Ich fürchte mich davor, dass Du Dich so verrannt hast, dass Du denn Wald vor lauter Bäumen nimmer siehst. Dass Du mit offenen Augen in Dein Unglück läufst. Es gibt ja auch keinen, der mal Klartext mit Dir spricht.

Ich habe ein ganzes Jahr gearbeitet, gespart, die finanziellen Dinge geregelt und vieles mehr für unsere Zukunft, und Du kommst heim, benutzt mich und dann wirfst mich weg. Das ist nicht fair!

Und ich bin noch so blöde und liebe Dich so sehr, dass ich mir ein Leben ohne Dich nicht vorstellen kann.

Tja, eine Sache werde ich Dir nicht leicht machen, eine Scheidung, denn für mich ist unsere Ehe nicht unheilbar zerrüttet, und ich würde gerne unserer Beziehung eine Chance geben. Die fünf Tage waren sogar sehr schön, bis Du halt ausgetickt bist. Ich habe mich erkundigt, und ich kann die Scheidung für drei Jahre verhindern, und das werde ich auch sicher machen. Nicht weil ich Dich quälen möchte, sondern weil ich unsere Ehe retten will.

So eine Wunschvorstellung von mir ist, dass Du einfach vor mir stehst und mir sagst, dass Du jede Nacht von mir träumst und dass Du drauf gekommen bist, wie sehr Du mich liebst. Das wäre wirklich sehr, sehr schön. Und dann nimmst du mich in die Arme und lässt mich nie wieder los.

Manchmal, wenn ich wach werde, erinnere ich mich sehr gut an meinen Traum, einer davon ist Kuscheln an den Nachmittagen im Hotel in Damaskus. Manchmal träum ich halt nur, dass wir umschlungen schlafen, wie die kleinen Kätzchen im Korb. Nach so einem Traum bricht die Realität halt dann in vollem Ausmaß über mich herein.

Ich kann mir nicht vorstellen, Dich nie wieder zu umarmen oder mit Dir ein Nickerchen zu machen. Ganz zu schweigen davon, nie wieder mit Dir zu baden, zu spielen und einzucremen, sich zu erforschen und zu den Sternen zu fliegen.

Ich will Deine Hand halten, Dich anfassen , mit Dir in Zukunftsplänen schwelgen, ich will mein Leben mit Dir verbringen.

Ich möchte Deine Gedanken fühlen und mich in Dir verlieren, ich möchte Dich verwöhnen und von Dir verwöhnt werden. Ich möchte unsere Liebe leben, einfach so. Lachen und auch gemeinsam weinen, wie es im Leben eben ist. Aber eben gemeinsam das Leben meistern.

So wie wir auf unsere Einladungen geschrieben haben: »Wir haben beschlossen, unser Leben gemeinsam in Liebe zu verbringen.«

Du hast mir noch vor knapp vier Wochen gesagt, Du liebst mich. Wenn Liebe nicht genug ist, was ist dann genug? Ich vertraue auf Gott und die Engel, dass sie Dir den Weg zeigen.

Pfeif auf Deine neurotischen Eltern, werde erwachsen, beende die Sache mit dieser Frau und komm zu mir zurück.

Gemeinsam in Liebe schaffen wir alles!! Und Du wirst feststellen, dass Liebe sehr viel besser ist als verliebt sein. Denn auf Liebe kann man bauen. Und eine Ehe ist sehr viel mehr als nur ein Stück Papier, sie ist ein Versprechen, das man sich gibt, und auch eine Herausforderung, die man gemeinsam meistern sollte. Wir haben es doch so weit geschafft, wäre das nicht noch eine Anstrengung wert?

Mir ist es alles wert, und ich hoffe, Du besinnst Dich, kommst wieder zu Dir und wir beginnen noch mal von vorne.

Nach dem imaginären Brief fühlte Anna sich auch nicht wirklich besser, doch sie hatte ihren Gefühlen Ausdruck verliehen. Vielleicht würde Hannes den Brief irgendwann einmal lesen.

Tagebuch, 15.30 Uhr

Ich hab einen Brief von Hannes im Postkasten gehabt. Kurz nur, aber immerhin.

Er schreibt mir, sie hätten ihm im Krankenhaus so quasi verboten, mit mir Kontakt aufzunehmen, und er würde mit dem Brief schon dagegen verstoßen. Er sagt mir, er braucht selber Zeit und weiß nicht, wann er mit mir reden kann. Den Grund müsse er nicht erklären.

Günter rät mir, einfach Geduld zu haben, denn verheiratet sind wir noch, und vielleicht ist die Ehe doch ein sehr starkes Band zwischen uns.

Und mir fehlen all die liebevollen Kleinigkeiten, wie die kleinen Zettel mit Cartoons, ein liebevolles Lächeln, sich die Hände zu reichen, all das, was eine schöne Beziehung so ausmacht

Ansonsten ist es für mich wichtig, irgendwie zurück ins Leben zu finden. Meine Ängste in den Griff zu kriegen. Den Alltag zu meistern, arbeiten zu gehen, das wird ein hartes Stück Arbeit!

Das ist ja so eine Kardinalfrage: Warum habe ich andauernd Angst? Ich kann doch was, ich bin eine attraktive und gescheite Person, ich habe ja gar keinen Grund, Angst zu haben. Und trotzdem ist Angst mein ständiger Begleiter. Ich glaube, das werde ich mal in der Therapie erörtern. Ich hatte ja auch immer Angst, meinen Hannes zu verlieren, vielleicht ist meine Angst jetzt nur manifestiert auf der metaphysischen Ebene, meine erschaffene Realität. Dann muss ich die Angst überwinden und mir eine positive, glückliche Realität in Überfluss und Liebe mit meinem Mann erschaffen.

Wieder bewältigte Anna einige Tage. Sie konnte das Haus immer noch nicht verlassen, weil sie keine Menschen ertragen konnte, keine zufällige Begegnung mit Bekannten ertragen wollte. Günter erledigte den Einkauf und half ihr im Garten und redete und redete mit ihr.

Tagebuch, 15. Juli 2006

Liebes Tagebuch, Frustbuch, heute habe ich einen depressiven Tag. Ich war zwar laufen, und das geht auch schon recht gut, aber sonst geht's mir ziemlich elend. Ich mache mir Sorgen wegen der Arbeit und hab, nur wenn ich dran denke, schon fast eine Panikattacke.

Lieber Gott, ich bin so froh, dass Hannes schon in Österreich ist, jetzt, wo Krieg ist zwischen Israel und dem Libanon.

Ich hab wieder die Briefe gelesen, die er mir geschickt hat. Das kann doch nicht alles nur gelogen gewesen sein. Warum nur musste das passieren, warum ist er nur so unreif?

Nun, es scheint, als hätte ich eine Antwort auf mein andauerndes Flehen zu den Engeln bekommen.

Nachdem es mir heute so mies ging, hatte ich die Eingebung, mir ein Reiki-

Buch zu holen. Und als ich dann drin geblättert habe, bekam ich sozusagen auch eine Antwort.

Ich muss meine Bindungen zu Hannes trennen, damit sich unser Karma erfüllen kann. Aber mit den Abhängigkeiten und Verstrickungen kann man keine freie und bedingungslose Liebe leben. Mir ist zwar nicht ganz wohl dabei, denn es könnte auch sein, dass Hannes nie wieder zurückkommt, aber ich will den Engeln und auch Gott vertrauen.

Ich habe mir auch wieder eine Reiki-Box gemacht, und ich glaube, ich werde vielleicht einen Brief an den Erzengel Gabriel schreiben und um Führung bitten.

Doch bevor ich jetzt dann dieses Ritual durchführe, bitte ich noch mal alle meine Begleiter, mir zu helfen.

Und es wäre mein sehnlichster Wunsch, eine glückliche und erfüllte Ehe mit Hannes zu haben und noch ein Baby zu bekommen. Es wäre schön, wenn das in Erfüllung ginge. Grete hat immer gesagt, wir bräuchten nur darum zu bitten, die Engel warten nur darauf, helfen zu dürfen.

Wenn es uns aber nicht bestimmt ist, dann bitte ich darum, dass ihr mit seinen Engeln Kontakt aufnehmt und sie in meinem Namen bittet, ihn zu beschützen und ihm Glück und Erfüllung zu schenken. Danke!

Das Ritual hat mir wieder heftige seelische Schmerzen beschert, das ist kaum auszuhalten.

Tagebuch, 16. Juli 2006

Ich will im Leben nichts mehr aushalten müssen, ertragen oder sonst was.

Ich will glücklich sein, lieben, lachen, Freude haben.

Ich bin schwer krank, wenn ich mir selber eine Pflegediagnose stellen müsste, das wäre dann unangemessene Trauer.

Mein Mann kommt nicht zu mir zurück, meine Schwiegereltern sind selber eine Diagnose.

Warum tun eigentlich alle, als wäre das, was Hannes macht, normal – zumindest seine Familie, ja sogar Jenny, meine eigene Tochter? Sie kümmert *sich nicht um mich, aber das ist ja oft so, auf die Kinder kann man sich nicht verlassen.*

Schon eine heftige Sache, ich habe niemals geglaubt, dass mir so etwas passieren würde, aber so ist das eben.

Günter hat recht, ich habe davor niemals wirklich geliebt, und jetzt kann ich ohne Hannes nicht wirklich leben.

Er ist eben alles für mich, mein Leben, mein Atem, meine Motivation, mein Herz! Ich habe meinen Liebsten ins Ausland geschickt, ich habe meinem Mann vertraut. Absolut und ganz vertraut.

Liebe Engel, habe nicht auch ich verdient, in Fülle und Glück zu leben? Warum habt ihr das zugelassen? Es ist doch so falsch.

Warum habt ihr ihn dann zu mir geschickt? Nur damit mein Herz bricht? Das kann doch gar nicht sein, ihr wollt den Menschen doch helfen, warum nur mir nicht? Warum schickt ihr mir meinen Seelenpartner, wenn ihr ihn mir wieder fortnehmt?

Ich kann mir nicht vorstellen, dass da noch irgendwo Freude auf mich wartet, jetzt, nachdem ich meine Liebe und mein Herz verloren habe.

Ich will mir keine Sorgen mehr machen müssen, weder um Geld noch um sonst irgendetwas.

Warum liebe ich ihn so sehr?

Eigentlich muss ich kein schlechtes Gewissen haben, denn ich habe ihn nicht belogen und betrogen, warum fühle ich mich dann so schlecht?

Wenn ich logisch drüber nachdenke, sollte ich böse auf ihn sein, für alles, was er mir angetan hat, fürs Lügen und Betrügen, seine Unzuverlässigkeit und dafür, dass er mir so unendlich wehtut.

Er schreibt mir, er braucht Zeit zum Nachdenken, jetzt sind es schon vier Wochen, seit er mich verlassen hat, wie viel länger noch?

Wenn ich doch nur ein kleines Zeichen hätte und hoffen könnte, aber das hab ich nicht.

Ich halte mich an den Briefen fest, die er mir geschrieben hat, und denke mir, da war sicher nicht alles gelogen.

Hat ihn diese Frau so eingekocht, ihm eine Gehirnwäsche verpasst?

Im Urlaub haben wir noch Pläne gemacht und sogar noch, als er nach

Hause gekommen ist. Vor einem Monat noch hat er mir gesagt, er liebt mich. Das kann doch nicht alles Lüge gewesen sein? Im Oktober schreibt er noch, ich sei sein Geschenk. Ich versteh das alles immer noch nicht.

In dem kurzen Brief wünscht er mir, bis er mit mir reden kann, alles Liebe und viel gute Energie. Wann soll das sein?

Bitte, Gott, ich brauche wirklich ganz dringend Hilfe.

Ich wünsche mir so sehr, dass Hannes zu mir zurückkommt, dass dieser finstere Traum ein Ende hat.

Es ist schon wahr, ich mache mich selber verrückt, und mit meinen Ängsten erschaffe ich wieder eine Realität, die ich gar nicht will.

Ich will mir ja gerne vorstellen, dass er auf einmal vor mir steht, mir sagt, was für ein Trottel er war, dass er mich liebt und das Leben mit mir verbringen will. Das möchte ich wirklich gerne. Er hat die Flucht ergriffen und steckt den Kopf in den Sand. Ich sitze hier und warte auf Hannes.

Liebe Engel, gebt mir doch ein Zeichen und helft mir bitte! Liebe Engel, bitte gebt mir ein Zeichen und Hilfe wegen meiner Arbeit.

Ein Zeichen dass es mir nicht so toll geht, ist auch die Tatsache, dass ich nicht in der Sonne liegen will, und seit gestern ist mir kalt. Ich hab auch Kreislaufprobleme, mir geht's einfach nicht gut. Ich hab auch einen Druck in der Brust und Beklemmungsgefühle, ich glaub, jetzt macht dann mein Körper nicht mehr mit.

Ist schon wirklich interessant, wie viele Seiten ich mir jetzt schon den Frust von der Seele schreibe, da sollte es doch besser werden, aber es wird nicht leichter. Ich bin todtraurig.

Ich will auch Günter nicht über Gebühr belasten, der Arme leidet mit mir. Und er sagt, als mein Freund hat er Verantwortung für mich und deswegen passt er auf mich auf. Er ist wirklich ein toller Freund.

Er meinte auch, wenn ich damals, als wir zusammen waren, so wie heute gewesen wäre, einfach auf mein Ziel gerichtet, wäre es auch anders gelaufen, aber er sagt auch, ich hätte ihn eben nie so geliebt, wie ich Hannes liebe. Da könnte er recht haben, denn unsere Trennung war ganz leicht. Wir haben uns getrennt, ich bin ausgezogen und das war es auch schon. Wir sind Freunde geblieben und Ende.

Und dann kam Hannes, und das war es dann für mich. Obwohl ich erst die großе Liebe nicht zulassen wollte, ist es passiert. Ich habe ihm mein ganzes Herz geöffnet und meine Seele, habe ihm mein Vertrauen geschenkt.

Wir haben beide gemeint, es war uns vom Schicksal bestimmt zusammen-zukommen, Karma, dass wir beide einen spirituellen Weg beschreiten, und ich glaube das immer noch.

Doch Hannes hat mich verlassen, und jetzt kann ich schauen, wo ich bleibe, mit meiner Liebe, meinem Schmerz und meiner Verzweiflung.

Vielleicht sollte ich die ganzen Erinnerungen aufschreiben, damit ich sie später lesen kann oder auch nur beschäftigt bin.

Tagebuch, 17. Juli 2006

Heute hab ich auf dem Konto gesehen, dass mir Hannes die halbe Miete überwiesen hat. Das ist schon ein deutliches Signal.

Ich habe doch dieses Jahr nur geschafft, weil ich mich mit unserer Liebe motiviert habe, jetzt habe ich gar nichts mehr.

Günter hat mich grade angerufen, wir gehen jetzt dann laufen miteinan-der. Lieber Gott, ich danke Dir für diesen wirklich guten Freund! Ich hoffe nur, dass ich ihn nicht zu sehr belaste. Günter macht mir immer Hoffnung, dass, wenn ich Geduld habe, mein Herz vielleicht doch zu mir zurückkommt. Obwohl ich mir da keine großen Hoffnungen mache. Jetzt mal schauen, wie es mit dem Laufen geht.

Anna beschloss, ihr Leben zu ändern, in ihrem Kopf waren Gedanken, selber ins Ausland zu gehen, vielleicht mit dem Bundesheer oder auf eine Bohrinsel. Das wäre zwar eine Flucht, doch manchmal konnte auch Flucht eine Chance sein, um dem Schmerz zu entkommen.

Tagebuch, 19. Juli 2006

Jenny war gestern bei mir. Ich habe ihr erzählt, dass ich mein Leben komplett ändern will, und auch, dass ich Basil vermutlich hergeben muss.

Und wenn ich weggehe, auf eine Bohrinsel oder wo auch immer hin, soll er dann gut versorgt sein, und ohne Tiere kann ich hingehen und machen, was ich will.

Ich bin ja auch immer noch so dumm zu hoffen, dass Hannes zur Besinnung kommt und dass ihn die Engel zu mir zurückschicken, und dann könnten wir gemeinsam weggehen. Aber das ist nur ein Wunschgedanken. Er ist ja so dumm und unreif.

Anna hatte Schwierigkeiten, mit den normalsten Aufgaben zurechtzukommen, wie zum Beispiel zum Arzt zu gehen. Dort waren zu viele Menschen, und dann noch nach Wien zu fahren zum Amtsarzt!

Günter war die Rettung, er begleitete sie.

Tagebuch, 20. Juli 2006

Heute war ich Wien bei der BVA, Kontrolluntersuchung. Die Ärztin dort war sehr verständnisvoll.

Sonst denk ich immer noch andauernd an Hannes. Ich verstehe das alles gar nicht. Kann er sieben Jahre wirklich so verdrängt haben? Kann er seine Liebe zu mir so verdrängt haben? Das kann doch nicht alles nur erlogen gewesen sein.

Ich bete immer noch zu den Engeln, dass sie mir meinen Mann zurückgeben. Ich will doch nur eine Chance kriegen.

Das einzig Gute ist, dass ich die Scheidung eine ganze Weile verhindern kann, drei Jahre sind eine lange, lange Zeit. Und es ist einfach so, wie Günter sagt, ich muss mal warten. Es ist nur so, dass ich das nach allem, was ich für meine Ehe getan habe, jetzt als absolut ungerecht empfinde. Und unfair, grausam, unmenschlich.

Es tut mir immer noch sehr weh, so weggeworfen zu werden, ist sehr schlimm. Jenny hat mir auch erzählt, dass er nicht mehr bei mir gemeldet ist. Die Eltern haben ihm ein Auto gegeben und es angemeldet, diese Familie ist auch mehr als seltsam.

Und sie hat auch erzählt, dass die beiden zu ihr und Bert kommen wollen. Glücklich ist sie da nicht drüber, aber halt neugierig, vor allem, wie Lena auf Lexa reagiert.

Tagebuch, 21. Juli 2006

Wieder ein neuer Tag. Ich muss mich endlich in den Griff kriegen und mich damit abfinden, dass Hannes mich verlassen hat und dass er seine Gefühle für mich verdrängt hat.

War mit Basil wieder laufen, also mehr gehen, denn es ist unerträglich heiß heute.

Und ich sollte auch bald aufhören, Tabletten zu nehmen. Das Zeug kann ja auch nicht gesund sein.

Ich bitte wie jeden Tag die Engel, mir zu helfen, vor allem auch in Richtung Job und natürlich auch wegen Hannes. Die Art, wie er diese Trennung macht, ist einfach das Letzte. Wie erwähnt, ich muss mich damit abfinden, dass mein Ehemann ein ganz schwacher, nicht gefestigter und unreifer Mensch ist, der mich einfach weggeworfen hat. Wenn ich ihn nur nicht so gerne hätte!

Ich habe das Gefühl, dass jetzt irgendwann mal die Wut kommen wird. Dann werde ich ein heftiges Workout brauchen.

Ich wünsche ihn mir so sehr zurück! Aber das ist wahrscheinlich leider nur ein Wunsch.

Tagebuch, 22. Juli 2006

Wieder ein neuer Tag. Bin mit einer Panikattacke wach geworden und hab mir gleich eine Tablette eingeworfen. Danach bin ich ruhiger geworden.

Gestern Abend war Günter da, er hatte seinen 43. Geburtstag, haben Abend gegessen und viel geredet, eh immer das selbe.

Mein Schmerz ist auch immer noch sehr heftig, aber es gesellt sich auch eine gewisse Resignation dazu.

Ich bin sehr getroffen, dass ich so mies behandelt worden bin, das hab ich nicht verdient. Ich hab zwar meine Fehler, aber ich habe für Hannes immer alles getan, ihn unterstützt, umsorgt, gefördert usw.

Ich muss herausfinden, was ich für mich brauche.

Das Bundesheer würde mich sehr reizen. Mal schlau machen, vielleicht bin ich ja doch noch nicht zu alt. Und Sport will ich ja sowieso machen.

Vielleicht könnt ihr mich bei meiner Meinungsfindung unterstützen, liebe Engel. Das wäre wirklich hilfreich.

Tagebuch, 27. Juli 2006

Gestern einen Tag Sportpause gemacht, heute bin ich 15 Kilometer mit dem Rad gefahren. Das geht jetzt schon recht gut.

Bestelle mir grade die Broschüren von Kreuzfahrt und Bohrinsel, wegen anderem Job. Über Bundesheer denk ich auch nach.

Ich denke immer noch andauernd an Hannes und dass er mir so etwas antut, man kann eine Beziehung ja auch ganz anders beenden, wenn es schon sein muss.

Ich bete nach wie vor jeden Tag um ein Wunder und darum, dass unsere Liebe am Ende doch stärker ist als alles andere.

Wunder geschehen ja bekanntlich immer wieder.

Ansonsten beginne ich mich schön langsam ein bisschen besser zu fühlen, auch wenn ich meinen Liebsten ganz furchtbar vermisse. Ich würde so gerne kuscheln und Liebe machen, aber das ist nur ein Wunsch. Wenigstens regt sich in mir das Leben wieder.

Ich hab sogar manchmal Hunger. Alles in allem schaut's aus, als würde es besser. Ich werde mir eine Wohnung nehmen, Sport treiben.

Aber zumindest hab ich einen Plan, wie es weitergehen soll. Und scheiden lassen will ich mich nicht, Hannes sehen könnte ich einstweilen auch nicht, außer wenn er zurückkommen wollte, und seine Eltern kann und will ich auch nicht sehen.

Jemand, der mich so mies behandelt, den brauch ich auch nicht zu sehen, und Familientragödien hatte ich in den sieben Jahren genug.

In meinen Kopf will das Verhalten von Hannes immer noch nicht rein, und auch die Therapeutin meint, das ist alles sehr seltsam.

Auf jeden Fall bin ich froh, dass er nimmer am Golan ist, bei dem Krieg ist es besser, er ist bei einer anderen Frau, als ums Leben zu kommen.

Und ich bin noch verheiratet, und es gibt ihn noch, und die Zeit wird vielleicht für mich arbeiten.

Unsere Liebe ist doch was ganz Besonderes, vom Schicksal bestimmt.

So wie es jetzt ist, bin ich völlig wehrlos und ohnmächtig. Bitte, Gott, hilf mir doch!

Ich habe auch ein Buch über Engel, und es wurde uns beim Seminar gesagt, man muss nur bitten, die Engel helfen gerne. Bitte, liebe Engel, helft mir doch!

Tagebuch, 31. Juli 2006

Hatte heute Termin bei Anwalt.

Beim Anwalt habe ich nicht wirklich was Neues erfahren, außer dass ich die Scheidung drei Jahre verhindern kann.

Und mir wünsche ich meinen Hannes zurück, dass wir die Chance haben, unser Karma zu leben.

Anna bekam überraschend Besuch von Bert, und was sie da zu hören bekam, erschütterte sie zutiefst. Bert kam immer zu ihr, wenn es mit Jenny Probleme gab, weil sie sich nie einmischte, sondern ihn nur unterstützte und ihm Mut machte.

Tagebuch, 8. August 2006

Heute hatte ich Besuch von Bert, zwischen ihm und Jenny gibt es gewaltige Probleme. Ich konnte nur zuhören, verstehen und versuchen, ihn zu motivieren. Er ist Jenny ein guter Ehemann, sie kann sich glücklich schätzen, ihn zu haben, aber ähnlich wie Hannes sieht sie es nicht. Ist wohl Ironie des Schicksals.

Liebe Engel, helft mir und beschützt auch diese beiden.

Tagebuch, 9. August 2006

Ich war heute bei der Direktorin und beim Amtsarzt. Ist beides gut gelaufen, ich plane, Anfang September wieder zu arbeiten. Ich schätze, das wird gehen.

Jetzt muss ich noch über Jenny und Bert grübeln. Was Bert mir so erzählt hat, da hatten Hannes und ich ja immer eine paradiesische Beziehung. Wir hatten immer sehr viel Harmonie.

Bert hat gestern gemeint, das kriegen wir schon alles wieder hin. JA, die Hoffnung werde ich mir bewahren, denn Liebe, glaub ich, ist immer noch genug da. Bei beiden Paaren. Und die Eltern?

Die sind leider in beiden Beziehungen ein Problem, weil sie sich immer eingemischt haben und das immer noch tun.

Liebe Engel, ich hab wieder Räucherwerk als Geschenk für euch, als Danke für heute, und erwägt meine Bitte, helft Jenny und Bert und auch mir! Danke sehr!

Phönix aus der Asche

Tagebuch, 10. August 2006

Ich war in der letzten Zeit nicht sehr gut zu mir, die letzten Jahre, genau genommen. Wann habe ich die Selbstachtung verloren, wann bin ich vom Weg abgekommen?

Ich werde jetzt ernsthaft meinen spirituellen Weg wieder aufnehmen, meditieren, in die Natur gehen und mir Gutes tun.

Vielleicht krieg ich dann meine Chance! Aber vor allem eine Chance für mich.

Ich will versuchen, meine Selbstachtung wiederzukriegen und meine innere Stärke.

Bitte helft mir!

Und Anna erhielt eine Antwort, vielleicht nicht in der Art, wie sie es sich erhofft hatte, doch es war eine Antwort und ein Neubeginn, ein Schritt auf dem Weg der Meisterschaft, und Anna erhob sich wie der Phönix aus der Asche.

Anna hatte nach beinahe zwei Monaten der tiefen Trauer für sich beschlossen, dass es an der Zeit war, etwas zu ändern.

Sie betrachtete sich im Spiegel. Sie war sehr schmal geworden, und der tiefe Schmerz hatte ihren Ausdruck verändert, sich in ihr Wesen eingegraben und ihre Seele verändert.

Doch sie fand sich hübsch, anziehend, ihr Gesichtsausdruck hatte mehr Tiefe bekommen. Sie hatte noch immer fast keine Falten, ihre Augen drückten zwar Trauer aus, doch auch tiefe Liebe, und sie fand ihre Figur in ihrer Zierlichkeit sehr hübsch, am besten jedoch waren ihre langen, glänzenden Haare. Sie reichten über den halben Rücken und waren einfach schön.

Jetzt musste sie nur noch die Depression verlassen, und das war möglich, eine reine Willenssache.

Sie musste zurück ins Leben, zurück zur Arbeit. Die Hilfe, die ihr von ihrer Vorgesetzten angeboten worden war, kam genau zur rechten Zeit. Anna musste wieder unter Menschen.

So ging sie resolut daran, die Zukunft zu planen, und machte erste Schritte hinaus und zurück ins Leben.

Als Erstes besuchte sie eine Buchhandlung, und wie immer fiel etwas aus einem Regal auf sie. Es waren Orakelkarten!

»Aha«, dachte Anna, »die sind wohl für mich bestimmt, also werde ich sie kaufen und schauen, was diese Karten mir sagen wollen.«

Anna fand auch noch zwei Bücher, Belletristik, die sie zur Entspannung lesen wollte.

Anschließend kaufte sie noch ein wenig Kleidung, denn sie war auf Kleidergröße 34 geschrumpft, ihre Hosen schlotterten förmlich an ihr. Sie hatte acht Kilo Gewicht verloren.

Aber das machte nichts, ihre Figur gefiel ihr.

Sie fand auch wirklich eine passende Jeans und einen hübschen grauen Rock und passende Tops im Ausverkauf. Das war günstig gewesen und machte ihr Freude.

Wieder zu Hause angekommen, war sie zwar erschöpft, doch auch glücklich, diese Herausforderung gemeistert zu haben, denn nach zwei Monaten als Einsiedler war die Außenwelt fast zu überwältigend, das Einkaufszentrum erst recht.

Sie packte ihre neuen Karten aus und betrachtete sie. Es war ein Heilorakel der Engel, wunderschöne Bilder und der Inhalt eine wichtige Botschaft. Anna wurde aufgefordert, zu vertrauen und auf den spirituellen Weg zurückzukehren.

Anna betrachtete lange die Karte, die sie gezogen hatte, und dachte über die letzten Monate nach. Es stimmte schon, sie hatte sich zuerst durch Stress, Energielosigkeit, Unruhe und danach aus Trauer weit vom Weg abgewandt.

Nur, wie sollte sie es anstellen? Um zu meditieren, brauchte es innere Ruhe, um Reiki zu praktizieren ebenfalls. Sie musste innerlich ruhig werden, sich sammeln, um ihrer inneren Stimme, der Intuition folgen zu können. Um zu verstehen und an sich zu arbeiten, musste sie in ihre Mitte finden.

Anna gestaltete ein Ritual für sich. Sie kaufte Räucherwerk und Kerzen und spielte schöne Musik von Deva Premal.

Sie visualisierte Hannes, so deutlich sie es konnte, und sagte ihm alles, was sie bewegte, von ihrer großen und tiefen Liebe, von ihrem Schmerz über seinen Verrat und sein unfassbar brutales Verhalten, und dass sie ihm vergeben hatte.

Dann nahm sie dieses Bild in ihr Herz auf, ins Licht und in die Liebe. Dort würde er in ihrem Herzen sicher und geborgen von Liebe durchdrungen bleiben, denn er war ohnehin immer in ihrem Herzen, doch der bewusste Akt der Aufnahme in ihr Herz bewirkte Frieden.

Das Herz, Sitz der Gefühle, das gebrochene Herz, und doch brachte dieses Ritual Ruhe und Frieden für Anna.

In dieser Nacht schlief sie das erste Mal seit zwei Monaten ruhig, auch ohne Medikamente.

Erwachen, neue Perspektiven

Anna wachte auf, rieb sich die Augen und dachte: »Es ist doch erstaunlich, was so ein kleines Ritual ausmacht. Ich habe gut geschlafen!«

Die Sonne schien, Basil kam vom Balkon herein und legte seinen Kopf auf die Bettkante. Anna streichelte seinen Kopf. »Komm, lass uns aufstehen, Süßer. Du musst sicher hinaus, und ich möchte Kaffee trinken.«

Anna stand auf und streckte sich. Es tat gut, sich wieder zu spüren, lebendig zu sein.

Sie ging hinunter und ließ Basil in den Garten. Es war ein schöner, sonniger Morgen. Die Luft war angenehm, eine leichte kühle Brise kündigte den kommenden Herbst an.

Nachdem sie Kaffee getrunken und geduscht hatte, ging Anna in ihr Meditationszimmer, seit Monaten zum ersten Mal, und machte sich daran, Staub zu wischen, zu saugen, und anschließend nahm sie noch eine energetische Reinigung des Raumes vor, damit sie hier wieder arbeiten und meditieren konnte. Sie sah ihre spirituellen Bücher durch und wählte eines zum Lesen aus.

Anna nahm sich vor, jeden Tag etwas Erhebendes zu lesen, zu meditieren und vor allem ihr energetisches Defizit auszugleichen. Denn in zwei Wochen wollte sie wieder arbeiten gehen, und dazu brauchte sie Kraft.

Sie fühlte sich zu Hause immer noch am sichersten und wohlsten, doch auch hier nahm sie sich vor, jeden Tag alle Erledigungen selbst zu machen, hinaus in die Natur zu gehen und Menschen zu begegnen. Das würde auch Günter entlasten, denn er hatte diese Dinge in den vergangenen Wochen für sie erledigt.

»Uff, da hab ich mir viel vorgenommen für eine ziemlich kurze Zeit«, sinnierte Anna vor sich hin. »Doch es ist nötig, ich kann mich nicht ewig verstecken wie ein todkrankes Tier. Ich will und kann das schaffen! Liebe Engel, bitte unterstützt mich dabei.«

Anna begann wieder an die göttliche Ordnung zu glauben und vertraute der Führung durch ihre spirituellen Begleiter, denn je länger sie darüber nachdachte, erkannte sie, dass sie auch in den Momenten tiefster Verzweiflung Hilfe bekommen hatte. Durch Günter und seine Mutter, durch ihre Vorgesetzte und durch ihre eigene Mutter. Dabei war gerade dieses Verhältnis über die Jahre immer schwierig gewesen, doch jetzt erhielt sie Hilfe und Unterstützung im Übermaß, und das tat sehr gut.

Auch wenn Annas Mutter keine Verständnis für die tiefe Liebe zu Hannes hatte, weil sie selbst völlig anders gehandelt hätte, stand sie zu Anna, und diese Zuwendung tat Anna in ihrer Seele gut.

Auch die Freundschaft und Liebe von Günter, die Hilfe, die ohne Bedingungen geboten wurde, das waren deutliche Zeichen.

Anna erkannte, sie bekam Hilfe. Gott schließt nie eine Tür, ohne eine andere zu öffnen. Deswegen vertraute sie darauf, dass weiter Führung und Hilfe kommen würde.

Anna erkannte immer mehr, wie weit sie sich auch von sich selbst entfernt hatte in den vergangenen Jahren.

Sie hatte viele wichtige Teile ihrer Persönlichkeit verdrängt und war dabei immer unsicherer geworden. Sie hatte vergessen, auf sich selber zu achten, sich selber wertzuschätzen.

Um im Leben und ihrer Beziehung zu funktionieren, hatte sie sich gewaltsam angepasst und sich selber Schaden zugefügt.

Sie hatte vergessen, welch wertvolle Person sie war, sie hatte sich selbst nicht mehr geliebt, sie hatte sich selber aufgegeben, und deswegen hatte der Liebesverrat sie an ihre Grenzen gebracht. Sie erkannte auch sehr deutlich, dass sie, als sie sich selbst nicht mehr liebte, ihre jetzige Realität geschaffen hatte.

Wie sollte Liebe da möglich sein? Wie sollte Hannes sie lieben, wenn sie sich selbst nicht liebte, schätzte?

Sie musste die werden, die sie wirklich war, für sich selbst, für Jenny und alle anderen Menschen.

Sie musste ihre Kraft und ihr gesamtes Potenzial erkennen und annehmen, alles Gute und auch die dunklen Seiten, um wieder heil und ganz zu werden, dann konnte sie auch ihre Lebensaufgabe annehmen und erfüllen.

Sie musste ihr Karma erforschen und aufarbeiten. Sie musste lernen und verstehen.

Das waren eine Menge Informationen für Anna, und sie erkannte, dass viel Arbeit vor ihr lag, ein weiter Weg.

Tagebuch, 18. August 2006

War gestern im Krankenhaus, um wegen meines Dienstantritts alles zu checken. Die Direktorin war super und mein neuer Vorgesetzter Michael auch. Ich habe Michael auch die gesamte Geschichte erzählt, damit ich einen geschützten Rahmen habe für meinen Neustart in die Arbeitswelt.

Am Abend war ich mit Günter und seiner Mutter essen. Anschließend war Günter noch bei mir, und wir haben wie so oft über Hannes und sein Verhalten gesprochen, denn es ist einfach unbegreiflich, wie ein erwachsener Mann sich so benehmen kann.

Wenn man eine Beziehung beendet, braucht es trotzdem Kommunikation, es gehören gewisse Dinge geklärt.

Ich gelange immer mehr zu der Erkenntnis, dass Hannes das nicht kann, weil er sich mit seinen innersten Gefühlen nicht konfrontieren kann. Er hat das einfach alles nur in eine Schublade gesteckt und die Lade zugemacht. Er hat die Trennung deshalb so brutal gemacht, nein inszeniert, natürlich nicht bewusst, dass ich einfach dekompensieren musste, denn dann hatte er »Grund«, böse auf mich zu sein.

Dann konnte er das alles vor sich selbst rechtfertigen, den Verrat all seiner eigenen Grundwerte.

Doch ich weiß auch, alle Probleme und Gefühle, die man verdrängt, verschaffen sich wieder einen Weg an die Oberfläche, denn diese Gefühle wollen auch gelebt werden.

Ich schätze, das wird für Hannes noch sehr schmerzhaft werden.

Günter freut sich sehr, dass ich meine ersten Schritte zurück ins Leben mache, und er macht mir Mut, weiterzumachen und mehr zu wagen. Ich soll rausgehen, ich soll Leute treffen, Hobbys ausüben und noch mehr.

Doch bis ich wieder spiele, lache, tanze und singe, werde ich noch Zeit brauchen, doch auch die kleinen Schritte, die ich mache, bereiten mir Freude.

Dabei regt sich meine Kreativität mit ziemlicher Vehemenz, ich habe Lust zu zeichnen, malen, töpfern und schreiben. Vielleicht werde ich das auch bald wieder machen.

Ansonsten bitte ich euch, liebe Engel, weiter um Unterstützung. Ich muss innerhalb eines Jahres ein neues Haus finden. Denn dieses hier ist zu groß und zu teuer. Ich hätte gerne wieder so ein Häuschen mit Garten, wie ich es schon mal hatte, und einen sehr langfristigen Mietvertrag oder auf Leibrente.

Ich wäre auch dankbar für Zeichen oder Anregungen, die meinen Beruf betreffen, denn ich kann fühlen, dass ich irgendwann in nicht zu ferner Zukunft Veränderung brauche.

Vielen Dank!

Anna machte sich viele Gedanken wegen Basil. Sie hatten geplant, Hunde zu züchten, und dieser Plan existierte nicht mehr. Sie machte sich Sorgen, weil Basil so viel und lange allein sein musste, während sie arbeiten war, und so zog sie es in Erwägung, ihren geliebten Hund herzugeben. Anna informierte die Züchterin, denn laut Kaufvertrag hatte diese ein Vorkaufsrecht, dann übergab sie es den himmlischen Mächten, für das Rechte zu sorgen.

Zwei Tage später klingelte das Telefon. »Hier spricht Gerhard Püchel. Wir haben gehört, dass Sie einen Berner Sennenhund haben, den Sie aus privaten Gründen nicht mehr halten können. Unsere beiden Berner sind vor wenigen Wochen gestorben, und wir hätten Interesse.«

Anna verschlug es fast die Sprache.

»Ja, das stimmt. Ich kann ihn derzeit schon halten, doch ich weiß nicht, was die Zukunft bringt.«

»Wir würden uns den Hund gerne einmal ansehen, ob wir uns auch vertragen würden, falls Ihnen das recht ist«, fragte Herr Püchel.

»Ja, natürlich. Sehr gerne«, antwortete Anna.

Sie vereinbarten ein Treffen einige Tage später. Anna war sehr überrascht, das war prompte Antwort auf ihre Bitte um Hilfe. Sie war aber auch ein wenig verunsichert, das ging alles so schnell. Wollte sie Basil wirklich hergeben? Konnte sie ohne Hund überhaupt sein?

Wollte sie ohne Basil leben? Natürlich wäre es ohne Haustiere einfacher, doch Basil war so ein lieber Hund und ein Stück weit Trost für ihre Seele. Sie wäre ungebundener in vielerlei Hinsicht, doch was würde sie vermissen?

Das Ehepaar Püchel erwies sich als sehr nett. Basil mochte Gerhard und Ena auf Anhieb, und für die Beiden war es Liebe auf den ersten Blick. Anna vereinbarte einen Probelauf für Anfang September, da würde Basil vier Tage zu den Püchels ziehen, dann könnte sie für sich feststellen, ob sie allein zurechtkam, und auch, wie es den Püchels mit Basil ging.

Und so konnte sie unbelastet wieder zu arbeiten beginnen.

Anna litt immer noch unter der Trennung, vor allem wegen der grausamen Umstände, doch seit sie vergeben hatte und Hannes symbolisch in ihr Herz geholt hatte, ging es ihr körperlich besser. Keine Panikattacken mehr, kein Herzrasen und keine Beklemmungsgefühle.

Sie hatte alle Medikamente abgesetzt und kam sehr gut ohne zurecht.

Sie schlief auch meistens gut und der Appetit war zurückgekehrt. Die Rekonvaleszenz hatte begonnen.

Tagebuch, 20. August 2006

Gestern war ich mit Günter wieder laufen, das geht inzwischen recht gut. Wir waren auf der Bahn und sind 2400 Meter gelaufen, das ist die Bundesheerdistanz. Wenn ich das Bundesheer auch als mögliche Option für die Zukunft sehen will, muss ich trainieren. Vielleicht gehe ich auch für ein halbes Jahr mal ins Ausland. Das wird die Zeit schon zeigen.

Ansonsten geht es mir ganz gut. Ich leide zwar immer noch, doch ich kann es aushalten. Es ist für mich ein Trost, dass mir meine Liebe keiner wegnehmen kann, meine Gefühle gehören mir. Es ist nur schade, dass es keine Kommunikation gibt.

Ich muss halt Geduld haben. Kommt Zeit …

Heute habe ich meditiert und mir selbst eine Reiki-Behandlung gemacht, das hat sehr gut getan, ich habe das Gefühl, dass sich mein energetisches Ungleichgewicht bessert.

Beim Meditieren habe ich Bilder gesehen, wie Bilder aus einem anderen Leben. Irgendwann muss ich dieser Sache auf den Grund gehen. Es muss doch eine Bedeutung haben.

Mama hat auch angerufen, und auch Günter. Und in zwei Wochen beginne ich wieder zu arbeiten, das macht mir fast ein wenig Angst. Doch ich bin fachlich gut, was soll schon passieren?

Bitte, liebe Engel, beschützt und behütet mich.

Zeichen

Anna legte sich ins Bett, Basil kuschelte sich an ihre Beine. Draußen regnete es und Anna konnte durch die geöffnete Balkontür die Tropfen hören.

Wie jeden Abend dachte sie an Hannes und schickte ihm liebevolle Gedanken, das war ihr ein liebes und vertrautes Ritual, und sie bat um guten Schlaf.

Sie schmiegte sich in ihr Kissen und schlief ein.

Malta, 1500 v. Chr.

Rihanna stand wie jeden Abend auf der Festungsmauer und hielt Ausschau, wie jeden Abend seit vielen Jahren.

Sie erfüllte ihre Pflichten gewissenhaft und wurde von allen geachtet, vor allem wegen des großen Opfers, das sie und ihr Mann gebracht hatten.

Wie jeden Abend richtete sie ihr Bewusstsein auf Mikal aus und schickte ihm ihre Liebe und erhielt Antwort.

An diesem Abend war etwas anders, sie fühlte noch ein anderes Bewusstsein, ein vertrautes Bewusstsein, das Bewusstsein einer Frau, einer Frau in Not.

Und Rihanna reichte ihr die Hand über den Abgrund der Zeit. Sie fühlte die Trauer dieser Frau, ihren Schmerz, ihre Sehnsucht und die Bitte um Heilung.

Rihanna erfüllte die Bitte und erkannte sich selbst in einer weit entfernten Zukunft.

Verbunden über die Gezeiten, schickte sie Trost, Heilung und einen Gedanken:

»Fürchte dich nicht, du bist ein mächtiges Wesen. Schau in dein Herz, lebe mit dem Herzen, heile mit dem Herzen, liebe mit deinem ganzen Herzen, alles wird gut im Rad der Zeit.«

***

Anna schreckte aus dem Schlaf. Das war ein seltsamer Traum, nein Kontakt gewesen. Sie hatte Kontakt mit sich selbst gehabt, oder auch nicht. Diese Frau in der Vergangenheit, sie selber, sie hatte eine Botschaft erhalten. Heilung lag in ihr selbst, in ihrem Herzen, sie hatte das Wissen und das Werkzeug dazu.

Sie lehnte sich wieder zurück und dachte über die Botschaft nach. Wieder das Herz, das war eine bedeutende Mitteilung.

Wo hatte sie das schon mal gehört oder gelesen? Über diesen Gedanken glitt sie wieder in den Schlaf.

Tagebuch, 22. August 2006

Meine Träume werden immer merkwürdiger. Es ist, als ob etwas an die Oberfläche drängt, sich entfalten will. Doch es kann nicht zum Vorschein kommen.

Ich habe wieder von dieser Frau in der Festung geträumt, nur dieses Mal hatte ich wirklich Kontakt.

Ob das wohl mein Unterbewusstsein ist? Es soll mir etwas mitgeteilt werden. Ich erinnere mich an die Botschaft. Ich habe Ähnliches in einem meiner Reiki-Bücher gelesen und auch noch in einem anderen Buch.

Sonst geht es mir recht gut, ich bin immer noch traurig, ich verstehe Hannes nicht.

Wie kann er sich so verhalten? Was ist mit ihm geschehen in diesem Jahr? Ich bitte die Engel, auch ihn zu beschützen.

Ansonsten arbeite ich sehr viel mit Meditation und Reiki. Das tut mir wirklich gut.

Günter kommt heute Abend, und ich werde das erste Mal nach langer Zeit wieder etwas kochen, er hat sich Spaghetti gewünscht. Hoffe, ich habe es nicht verlernt.

Anna ging entschlossen in ihren Meditationsraum, um dieses Buch zu suchen. Dabei fiel wieder einmal etwas aus dem Regal. Das waren Karten, die sie im Mai gekauft hatte, mit einem Begleitbuch, doch sie hatte damit absolut nichts anfangen können zu jenem Zeitpunkt.

Das hatte sicher eine Bedeutung, deswegen setzte sie sich auf ihr Meditationskissen und holte Karten und Buch aus der Verpackung.

»Das Bewusstseinsorakel« von Safi Nidiaye (Ullstein Verlag, 2004). Anna öffnete das Buch und wurde überrascht. Es handelte von einer Frau, die ihrer inneren Stimme folgt auf dem spirituellen Weg. Diese Frau war ein Medium und channelte Botschaften aus den höheren Bewusstseinsebenen.

Sie bekam wieder Antworten. Anna mischte die Karten und wählte drei aus dem Stapel.

Die erste Karte hatte eine sehr treffende Botschaft:

Trennung
gibt es nicht.
So verschieden die Wege
auch sein mögen,
die ihr geht:
In Wahrheit seid ihr eins.
Spielt und handelt
aus dem Bewusstsein
der Einheit heraus,
nicht dem des Getrenntseins.
Manchmal tut Trennung not,
um Einheit zu finden.

Darüber musste Anna nachdenken. Es stimmte schon, da alles im Universum eins war, konnte es keine Trennung geben.

Trennung war nötig, um zu lernen, zu wachsen und zu reifen.

Und für sie selbst war das die Chance, ihre Fähigkeiten und Wünsche auszuloten.

Die zweite Karte:

> Auch Liebe,
> nur Liebe
> waltet hinter allem.
> Sieh die Liebe!
> Sieh in allem
> die Liebe
> Auch in dir.

Und die dritte Karte:

> Wirf die Sorgen der Welt ab
> und den Gram
> und tanze.
> Sei frei für mich.
> Tanze für mich.
> Singe für mich.
> Lache mit mir.

Die Botschaften berührten Anna, diese Aufforderung zum Lachen, Singen, Tanzen.

Sie war wirklich zu ernsthaft und sollte mehr lachen und Spaß haben. Auch dass Liebe hinter allem steht, wollte sie gerne glauben. Auf jeden Fall würde sie das Buch lesen, denn ihre Neugier war geweckt. Das Buch war nicht sehr dick und es erforderte nicht allzu lange, um es zu lesen. Anna war wie elektrisiert, was sie da las, inspirierte sie. Und diese Frau hatte noch mehrere Bücher geschrieben, auch über die Liebe und das Herz.

Es war schon spät, sie sollte beginnen zu kochen, da Günter bald kommen würde. Anna gelangen die Spaghetti sehr gut, und anschließend wurde es ein gemütlicher Abend.

Günter hatte eine Flasche Wein mitgebracht. Anna erzählte ihm von ihren Erkenntnissen und dem Traum der vergangenen Nacht.

Günter war immer so ein angenehmer Gesprächspartner, mit ihm konnte sie ganz offen sprechen, auch über ihre geheimsten Gedanken und Wünsche.

Tagebuch, 25. August 2006

Heute war ich mir sehr gekränkt. Lena hat Geburtstag, und ich bin nicht eingeladen. Jenny hat nicht mal daran gedacht, mich einzuladen, doch Hannes und alle anderen werden dort sein. Nur ich werde nicht eingeladen.

Das ist der Gipfel. Hannes hat mich betrogen, nicht umgekehrt, doch alle behandeln mich, als hätte ich etwas Unrechtes getan. Oder vielmehr, als würde es mich gar nicht geben.

Ich habe ziemlich lang geweint, das hat ein bisschen Erleichterung gebracht, doch die Demütigung und der Schmerz bleiben.

Ich habe es Günter auch erzählt, und ich gebe ihm recht, diese ganze Familie ist nicht ganz normal in ihrem Verhalten. Klar ist es richtig, zum Sohn zu halten, doch die Schwiegertochter nicht mal zu fragen, wie es ihr geht, das ist schon ein starkes Stück.

Na ja, wie auch immer, ich muss es ertragen.

Gestern war ich wieder laufen, aber nur drei Kilometer, dafür bin dann noch 15 Kilometer auf dem Rad gefahren. Meine Kondition wird langsam besser.

Jetzt werde ich dann duschen und anschließend meditieren.

Anna hatte meditiert und wollte jetzt sich jetzt auch noch mit schöner Energie verwöhnen. Sie machte das jetzt jeden Tag, und sie hatte das Gefühl, dass ihre Energielevel wieder fast normal waren.

Sie aß eine Kleinigkeit und beschloss, Musik zu hören.

Die Sonne war schon untergegangen, im Hintergrund lief leise Musik von Enya. Anna saß auf der Terrasse und betrachtete die Sterne und dachte an Hannes.

»Wo auch immer du bist, wir leben unter den gleichen Sternen. Ich liebe dich, meine Liebe wird immer mit dir sein.«

Einige Tage später hatte Anna Geburtstag. Sie verbrachte diesen Tag sehr ruhig, am Abend kam Günter zu Besuch. Es wurde ein ruhiger, entspannter Abend. Jenny hatte nur eine sehr kurze SMS geschickt, um ihrer Mutter zu gratulieren, und Anna war über diese weitere Lieblosigkeit gekränkt.

Doch das musste sie auch hinnehmen, auch wenn es sie kränkte, es änderte gar nichts.

Warum musste sie diese schwere Zeit erleben? Sie wollte doch nur glücklich sein.

Die bestellten Bücher kamen mit der Post und Anna las sie voller Interesse. Was sie dort las, ermutigte sie, auf ihrem Weg voranzuschreiten, ihre Persönlichkeit zu erforschen, sich zu entfalten und mehr über ihre vergangenen Leben zu erfahren.

Tagebuch, 4. September 2006

Heute war mein erster Arbeitstag nach mehr als zwei Monaten. Ich war so aufgeregt, dass ich die halbe Nacht wach war, doch es ist sehr gut gelaufen.

Mein erster Eindruck ist gut. Ich denke, ich werde mich wohl fühlen, und die Kollegen machen auch einen sehr netten Eindruck, vor allem einen sehr menschlichen. Vom Fachlichen habe ich sicher kein Problem, ich muss nur lernen, wo alle Sachen sind und wie hier gewisse Dinge gemacht werden.

Gestern haben Ena und Gerhard Basil abgeholt. Es ist ein sehr merkwürdiges Gefühl, dass er nicht da ist. Am Morgen wollte ich ihn automatisch rauslassen, obwohl er gar nicht da war.

Jetzt muss ich nur wieder eine Einteilung finden, wie ich meine Arbeit und Freizeit gestalte, damit ich genug Zeit habe, um zu meditieren und auch noch laufen zu gehen.

Beim Meditieren sehe ich immer öfter Bilder und ich träume immer mehr, ich denke, es wird Zeit, mir einen Rückführungstherapeuten zu suchen, um der Sache auf den Grund zu gehen.

Ich weiß auch heute schon, dass meine neue Arbeit nicht für immer sein wird, sondern eher für kurze Zeit. Das ist so ein Gefühl, ich weiß auch nicht, meine Kreativität drängt an die Oberfläche, ich möchte auch wieder Seminare halten, etwas ganz anderes machen, doch erst muss ich die werden, die ich wirklich bin.

Mit der Unterstützung meiner spirituellen Berater werde ich das schaffen.

Anna klappte ihr Tagebuch zu. Was sie eben geschrieben hatte, entsprach ihrem innersten Wunsch: Sie wollte sich finden und ihre Lebensaufgabe.

Sie wollte einen Weg der Wandlung beschreiten. Und Anna traf eine Entscheidung, was Basil betraf. Drei Tage hielt sie es gut aus, doch dann vermisste sie ihren kuscheligen, pelzigen Lebensbegleiter so sehr, dass es klar wurde, dass sie ihn nicht hergeben konnte. Sie musste andere Wege finden.

Auch Basil hatte sie sehr vermisst. Ena erzählte, dass er in der Nacht sehr unruhig war, so als ob er Anna suchen würde.

Anna vereinbarte mit Ena, dass sie Basil am Abend bringen würde.

Als Ena mit Basil durch die Türe kam, konnte Anna schon sehen, dass die andere Frau sehr unglücklich war.

Ena wollte den Hund einfach nur so reinbringen und gleich wieder gehen, doch das konnte und wollte Anna nicht zulassen.

Sie sprach mit Ena, sagte ihr, wo sie nachsehen konnte, um zu wissen, wo es derzeit Berner Welpen gab, und die beiden Frauen sprachen lange miteinander und schlossen Freundschaft. Das war der Beginn einer wunderbaren Hundefreundschaft, denn die Püchels waren großherzige

Menschen und boten Anna an, Basil jederzeit zu nehmen, wenn sie gern Urlaub machen wollte oder auch nur mal ein paar Tage ohne Hund verbringen wollte.

Als Ena gegangen war, fühlte Anna, dass es so richtig war. Sie hatte die richtige Entscheidung getroffen, und die spirituellen Begleiter hatten ihr gleichgesinnte Menschen ins Leben gebracht.

Tagebuch, 9. September 2006

Heute vor einem Jahr ist Hannes zum ersten Mal vom Golan in den Urlaub nach Hause gekommen. Heute vor einem Jahr haben wir beschlossen, dass wir uns nicht scheiden lassen, weil wir uns so sehr lieben, einander brauchen. Wir haben unsere Zukunft geplant uns darauf gefreut.

Was hat sich doch alles verändert seit diesem Abend.

Lexa ist schon in Österreich, und Hannes ist sofort zu ihr gezogen. Und das Unfassbarste ist, dass meine Jenny ihm seine Sachen dorthin bringt – meine Tochter bringt meinem Ehemann seine Sachen zu seiner Freundin. Die Welt ist schräg, alle haben den Golankoller gekriegt!!

Hatte deswegen auch Streit mit Jenny, denn dieses Verhalten ist in meinen Augen falsch.

Mir geht's so weit gut, doch der Schmerz ist heute wieder fast nicht auszuhalten. Aber ich vertraue den Engeln, dass alles gut so ist, wie es ist, und vor allem wieder gut wird.

Ich arbeite, ich gehe brav laufen.

Ich verbringe meine Zeit recht gut und vor allem stabil.

Ich verstehe immer noch nicht, was mit Hannes da passiert ist, das ist nicht der Mensch, den ich kenne. Was ist nur mit dem liebevollen Menschen, mit dem ich verheiratet bin, geschehen?

Dieser Hannes jetzt läuft völlig neben der Spur.

Ich kann nur abwarten und Tee trinken, ich hab ja Zeit.

Geld!!

Hannes hatte Anna Ende August endlich eine Mail geschickt und seinen Standpunkt klargemacht. Anna hatte das zur Kenntnis genommen, denn da stand nichts Neues für sie drinnen.

Er wollte auch vorerst akzeptieren, dass eine Scheidung für sie nicht in Frage kam, und wollte auch Kontakt, Small Talk, plaudern eben.

Darauf war Anna freudig eingegangen. Sie hatte ihn auch gefragt, warum er denn so dermaßen brutal vorgegangen war, wo es doch andere Möglichkeiten gab, die dem anderen seine Würde und Menschlichkeit ließen.

Hannes hatte ihr auch per Mail noch zum Geburtstag gratuliert und sich entschuldigt.

Doch jetzt war etwas sehr Beunruhigendes passiert: Er hatte Mitte September nicht mehr die halbe Miete überwiesen. Kaum war seine Freundin gerade mal zwei Wochen zu Hause!

Also fasste Anna sich ein Herz und schickte eine SMS.

»Guten Morgen, warum hast du die Überweisung storniert?«

Es dauerte eine Weile, bis Antwort kam.

»Ganz einfach, ich kann es mir nicht mehr leisten.«

Anna verstand das schon. Hannes war seit Juni zu Hause und hatte nicht mehr gearbeitet. Doch das war nicht ihr Fehler.

»Hannes, warum hast du mich nicht informiert? Bis jetzt warst du wenigstens fair. Du hast mir gegenüber Verpflichtungen als mein Mann, egal wo du bist.«

Wieder verging eine Weile.

»Sorry! Habe nicht dran gedacht, doch ich bin bankrott.«

»Tja, ich kann nichts dafür, dass du dir eine Auszeit genommen hast. Bleib doch bitte wenigstens fair!«

Danach war einen Tag lang Funkstille.

Und dann bekam Anna eine SMS, die ihr wahrhaft die Sprache verschlug.

»Ich war gerade bei einem Richter. Du hast mir gegenüber auch Pflichten. Ich habe dir das bis jetzt gerne und freiwillig bezahlt, doch du willst mich ausnehmen, die Kuh melken an allen vier Zitzen. Du müsstest den halben Kredit zahlen.

Damit hast den Bogen überspannt, ich bin total enttäuscht von dir.

Also lass uns reinen Tisch machen, rechne es dir aus und mach mir ein Angebot für eine einvernehmliche Scheidung.«

Anna war wie vor den Kopf gestoßen. Sie hatte in ihrem ganzen Leben noch niemals jemanden ausgenommen oder ausgenutzt und Hannes wusste das auch.

Sie brauchte einige Stunden, bevor sie antworten konnte.

»Jetzt erst wirkt deine SMS. Du enttäuscht? Hast du schon vergessen, dass du mich brutal verlassen hast und ich völlig fix und fertig war? Über Finanzen habe ich mit meinem Anwalt nur peripher gesprochen, weil es für mich so in Ordnung war. Ich wollte andere Dinge wissen, und ich habe erst nach unseren SMS gestern gerechnet. Denn davor hatte ich mich gefreut, dass wir beim neutralen Small Talk angekommen waren. Was deinen Bankrott betrifft, ich kann nix dafür, dass du dir eine Auszeit genommen hast. Aber tue dir und mir einen Gefallen, bleib sachlich und neutral, ich versuche es ja auch. Denn das Letzte, was ich will, sind kleinliche Streitereien. Das haben wir nicht nötig, oder?«

Darauf bekam Anna keine Antwort mehr.

Sie rechnete alle Kosten aus, das Haus betreffend und auch den Kredit, teilte es durch zwei und errechnete dann den Differenzbetrag. Das schickte sie an Hannes per E-Mail.

Der Differenzbetrag betrug 200 Euro, und sie hoffte auf seinen Gerechtigkeitssinn.

Leider vergeblich!

Noch mehr Visionen

September 2006

Anna hatte meditiert und war wieder einmal zutiefst beunruhigt über die Bilder, die sie gesehen hatte.

Sie hatte Hannes gesehen, völlig verzweifelt, kurz davor, sich das Leben zu nehmen. Sie hatte ihn gefühlt und war aus der tiefen Entspannung aufgeschreckt.

Nun fühlte sie der Vision hinterher, versuchte zu ergründen, was Realität war. Wie weit in der Zukunft oder Vergangenheit lagen diese Bilder?

Vom Gefühl her wohl mehr in der Zukunft, meinte Anna zu fühlen. Aber wie weit in der Zukunft?

Dieser absolut verzweifelte Mensch, er schrie nach ihr, sprach zu ihr, und sie war machtlos, ohnmächtig. Anna konnte nichts tun.

Zum ersten Mal seit Wochen fühlte sie eine Panikattacke aufsteigen. Dabei hatte sie sich so gut gefühlt, Kraft geschöpft, Lachen gelebt. Sie wollte helfen, doch wie?

Anna ging nach unten, zitternd, erschüttert. Sie wusste, jetzt blieb ihr keine Wahl, sie musste eine Tablette nehmen. Das widerstrebte ihr, doch sie bebte am ganzen Körper. Besser nach ein paar Wochen eine Tablette als einige Stunden ultimative Qual.

Was sollte sie nur machen? Sie wollte Hannes gerne helfen, doch wie und vor allem wann und wo? Warum solche Bilder, gerade jetzt, wo es ihr endlich besser ging?

Sie wusste nur eine Möglichkeit: Bert. Sie würde Bert einschalten. Er stand Hannes so nahe, er würde herausfinden wenn etwas bedrohlich für Hannes war.

Nach einer Stunde hatte Anna sich so weit beruhigt, dass sie nachdenken konnte und auch reflektieren.

Und es wurde ihr bewusst, dass sie Hilfe brauchte. Ihre Fähigkeit, andere Menschen zu fühlen, und auch die telepathische Verbindung zu Hannes machten ihr jetzt Schwierigkeiten, jetzt, wo sie so verletzlich war.

Was zuvor ein Segen war, belastete sie. Die Emotionen anderer waren zu viel für ihr gebrochenes Herz und ihre verletzte Seele.

Anna wollte Frieden finden, ihre Seele heilen und ihre Aufgabe erfüllen.

Tagebuch, 11. September 2006

Ich hatte viel Dienst in den letzten Tagen, und mit Basil laufen gehen, meditieren und dem Haushalt hatte ich noch nicht mal Zeit, mein Tagebuch zu schreiben.

Doch es ist etwas Beunruhigendes geschehen.

Ich hatte eine Vision von Hannes, einem verzweifelten Hannes. So verzweifelt, dass er sich töten wollte.

Das hat mich fast aus den Pantoffeln gekippt. So viel Verzweiflung – wenn ich nur helfen könnte oder dürfte.

Wenn er nicht bald lernt, dann wird es für uns beide sehr schwer werden.

Sonst geht es mir gut. Ich habe Arbeit, ich verdiene mein Geld ehrlich.

Lieber Gott, sag mir, was ich tun soll! Gib mir ein Zeichen, bitte.

Liebe Engel, beschützt und behütet Hannes. DANKE!

Anna erwachte, sie hatte gut geschlafen und auch wieder geträumt, von Rihanna, der Wächterin. Wieder hatte sie Trost und eine Botschaft erhalten:

»Die Verbindung der Herzen, der Seelen besteht immer, und Heilung entsteht durch reine, bedingungslose Liebe. Die Verbindung der Herzen kann nicht getrennt werden, nicht durch Entfernung, körperliche Trennung, widrige Umstände, nicht durch die Gezeiten.

Vertraue, Heilung kommt.«

Das war eine machtvolle Botschaft.

Heute hatte sie frei, sie konnte sich für sich selber Zeit nehmen.

Basil legte den Kopf auf die Bettkante und eine Pfote dazu. Anna musste lachen.

»Na komm«, sagte sie und klopfte auf die Matratze, »komm her, kuscheln wir noch zehn Minuten und dann stehen wir auf.«

Basil sprang ins Bett, auf seine Decke, und Anna umarmte ihn. Sie liebte es, mit Basil zu kuscheln, sein weiches Fell, seine unschuldige Ausstrahlung. Hunde waren wirklich der beste Freund des Menschen, keine Lüge, kein Betrug, nur aufrichtige Liebe und Treue. Nur Menschen sind des Verrates, Betruges und der Untreue fähig.

Anna krabbelte aus dem Bett, streckte sich und ging mit Basil nach unten. Basil musste in den Garten und Anna brauchte Kaffee.

Nach einer genüsslichen Dusche nahm sie sich Zeit, gemütlich zu frühstücken.

Die Botschaft ihres Traumes beschäftigte sie. Die Verbindung der Herzen, ja, sie fühlte ihre Herzensverbindung zu Hannes, und sie wollte gerne glauben, dass diese Verbindung immer bestehen bleiben würde.

Und doch war es schwer zu begreifen, dass diese Situation entstanden war, dass Hannes sich vom Weg abgewandt hatte, dass er ihre Seelenpartnerschaft so verdängt hatte.

Anna fühlte in ihr Herz. Ja, da war die Verbindung! Auch der Schmerz in ihrer Seele begann sich zu wandeln.

Es war Zeit, einen weiteren Schritt zu unternehmen, um zu begreifen.

Anna wollte ihren vergangenen Leben nachspüren, erfahren, welche Ereignisse dazu geführt hatten, welche Altlasten es galt, aufzuarbeiten und zu wandeln.

Rückführung

Anna hatte einen Reinkarnationstherapeuten gefunden und war voller Spannung, was der Nachmittag bringen würde.

Wieder einmal war es, als hätten höhere Mächte die Hand im Spiel, denn sie fand einen Therapeuten in der Stadt, in der sie lebte, und er hatte auch am selben Nachmittag Zeit.

Erwin lebte tatsächlich ganz in der Nähe, Anna war an dem Haus schon oft vorbeigekommen.

Der Raum war sehr gemütlich und Anna verstand sich auch sehr gut mit Erwin. Die Rückführung selbst brachte dann erstaunliche Dinge zum Vorschein.

Die Rückführung förderte fünf konkrete Vergangenheiten an die Oberfläche. Drei Leben waren Anna schon bekannt, die beiden anderen waren neu, doch erklärten gerade diese vergangenen Leben manche Ängste

Vorzeit

Anna sah sich selbst in einem kleinen Dorf als junger Mann. Die Behausungen waren primitiv, wie steinzeitliche Hütten, die von mehreren Familien genutzt wurden. Die Siedlung lag auf einem Hügel oberhalb eines Flusses.

Anna erlebte sich als übermütig, ausgelassen.

Sie war ein junger Mann und verliebt, sie konnte allerdings keinen Namen wahrnehmen. Dieser junge Mann war sehr verliebt in seine Gefährtin und die beiden verbrachten viel Zeit mit Spiel und alberten herum wie kleine Kinder, in reiner Unschuld und reiner, unschuldiger Liebe.

Bis zu einem Tag, wo seine Gefährtin beim Spiel stürzte und sich tödlich verletzte.

Der Clan verurteilte den jungen Mann für seinen Leichtsinn und verbannte ihn.

Er ging weg und lebte alleine in einer Höhle im Wald, traurig, von Gram und Schuld geplagt. Die Höhle war feucht, dunkel und bedrückend. Nach einiger Zeit wurde er krank und starb allein in dieser dunklen, feuchten Höhle.

Anna konnte seine Schuldgefühle deutlich wahrnehmen, seine Verzweiflung über seinen Leichtsinn und die unendliche Erleichterung, als der Tod kam.

Er hatte sich völlig aufgegeben, und es hatte sich tief in seine Seele eingegraben: »Ich bin schuld an ihrem Tod, durch meinen Leichtsinn ist sie gestorben.«

Malta

Von diesem Leben hatte Anna bereits aus ihren Träumen gewusst, jetzt jedoch fügten sich die einzelnen Bilder zu einem Ganzen.

Rihanna war die Tochter eines Priesters, und schon als Kind zeigte, sich ihre Begabung zu heilen und hohe Empfindsamkeit. Es stand fest, sie würde in dem Tempel des Lichts ihre Ausbildung erhalten und eine Wächterin und Heilerin werden. Sie wurde eine Hüterin des alten Wissens und leistete ihren Eid, der sie für ihr Leben an diesen Tempel band.

In dem Tempel wurden auch Männer und Frauen aus anderen Ländern ausgebildet.

So traf sie Mikal, er war ein Schüler, wollte Wissen erlangen und heilen.

Bei der ersten Berührung war es Erkennen, sie waren verbunden, sie erkannten einander.

Es war ihnen erlaubt zu heiraten, doch Mikal hatte ebenfalls einen Eid geleistet. Wenn er gerufen wurde, musste er gehen, und Rihanna konnte ihn nicht begleiten, doch sie hofften, dieser Tag läge in ferner Zukunft.

Sie erlebten einige Monate des Glücks, doch dann wurde Mikal gerufen. Er musste seine Bestimmung erfüllen und seine geliebte Frau verlassen.

Rihanna blieb zurück und diente ihr Leben lang im Tempel, bis zu ihrem Tod.

Anna konnte die Einsamkeit, die Sehnsucht fühlen und auch die tiefe Weisheit dieser Frau, das große Wissen und die Fähigkeiten. Das Annehmen des Schicksals, den Dienst zum höheren Wohl, obgleich es mit einem großen Opfer verbunden war. Rihanna hatte bewusst ihr Schicksal akzeptiert und vertraute darauf, dass im Rad des Schicksals ihre Seelen wieder zueinander finden würden.

Das war beeindruckend für Anna, eine so große Opferbereitschaft.

Kerker

Das nächste Leben, das zutage trat, war sehr vage. Anna erlebte einen Mann im Kerker, ein dunkles Verlies, feucht, muffig und Dunkelheit.

Der Mann hatte seine Frau mit ihrem Liebhaber ertappt und hatte beide in rasendem Zorn getötet.

Jetzt saß er im Kerker und vegetierte in tiefem Schmerz, in seiner Schuld vor sich hin. Verrotten als Strafe für sein Vergehen, denn der Tod wäre zu gnädig gewesen.

Und wieder und wieder erlebte er den Liebesverrat, den Betrug, seinen eigenen grenzenlosen Zorn, seine Schuldgefühle über seine unsägliche Tat.

Und so starb er dann nach Jahren im Verlies, unbeweint und unbetrauert.

Das waren erschütternde Emotionen für Anna, denn sie war ja dieser Mann gewesen, und ihre Frau war Hannes gewesen. Liebesverrat also auch schon in der Vergangenheit, und sie hatte im Zorn getötet.

Arin

Die Lady Arin war Anna wohlbekannt aus ihren Träumen. Das Mädchen, das hochfahrende Träume hatte, aufsteigen wollte und sich fügen musste. Die Frau, die sich für ihren vermeintlichen Abstieg rächte mit Hochmut, Kälte und Lieblosigkeit, so lange, bis es zu spät war, bis sie ihrem Mann nicht sagen konnte, was sie tatsächlich empfunden hatte. Zu spät, um Vergebung zu erlangen.

Die lange Buße im Kloster und am Ende ein friedlicher Tod, in der

Hoffnung, in einem nächsten Leben die Chance zu erhalten, ihren Geliebten wiederzufinden.

Bettina

Dieses junge, temperamentvolle Mädchen, voller Hoffnung und Träume, voller Vertrauen in die Liebe.

Wieder fanden sich die Seelen, und wieder gab es Verrat. In dem Fall umso grausamer, denn in dieser Zeit waren weise Frauen in großer Gefahr. Wenn der Bruder aus dem Kloster nicht geholfen hätte, wäre Bettina wohl den Weg der Hexen gegangen, wie so viele Frauen in dieser Zeit.

Bettina war eine Hüterin alten Wissens.

Nach der Flucht aus dem Kerker begab sie sich auf Wanderschaft, um einen neuen Ort für sich und ihre Tochter zu finden.

Sie fand auch einen Ort in Deutschland, unterrichtete ihre Tochter und arbeitete als Hebamme, wie schon ihre Großmutter.

Ihr ganzes Leben vermisste sie Marco, litt unter seinem Verrat, seiner Unreife, und als ihr Leben zu Ende ging, betete sie für ihn, und darum, ihn in einem anderen Leben wiederzufinden. Ihn zu finden und dann ein erfülltes Leben in Liebe zu leben.

Das waren sehr viele Eindrücke für Anna, denn jedes einzelne Leben war detailreich, mit so vielen Facetten. Die Gefühle, sogar die Gerüche, all diese Eindrücke.

Erwin fand das auch sehr interessant, denn die Zusammenhänge mit Annas aktueller Lebenssituation waren beeindruckend.

Auch das Verhalten von Hannes, er hatte auch in vergangenen Leben Verrat begangen. Es schien, als müsste er dieses Muster immer wieder leben, so als ob es ein Lernfeld wäre, und Anna musste auch lernen.

In diesem Leben hatte sie ihren Zorn nicht gegen Hannes gerichtet, sondern eher gegen sich.

Sie hatten zwar am Anfang den Weg des Heilens, einen spirituellen Weg gemeinsam gewählt, doch dann hatten sie die karmischen, die ungelösten Vergehen der vergangenen Leben eingeholt.

Die Aufgabe schien klar, diese alten Muster gehörten aufgelöst, durch Licht und Liebe gewandelt. Heilung und Vergebung durch Liebe, reine, bedingungslose Liebe.

Das war ihre Prüfung!

Anna verstand jetzt ihre Ängste, auch ihre Schuldgefühle.

»Weißt du, Erwin, ich dachte ja zuerst, dass die Rückführung nicht funktionieren kann, doch jetzt bin ich wirklich erstaunt, was da alles an die Oberfläche kam. Es erklärt so vieles.«

»Ja, ihr beide habt eine Menge aufzulösen. So viel steht fest. Nur, wie willst du das gemeinsam aufarbeiten, wenn ihr doch gar keinen Kontakt habt?«

»Um ehrlich zu sein, das weiß ich noch nicht, aber ich werde einen Weg finden. Ich habe doch ein paar gute Werkzeuge, Reiki, meine Herzensverbindung und die spirituellen Begleiter. Ich finde eine Möglichkeit.«

»Da hast du recht. Ich finde es auch sehr interessant, dass du auch in früheren Leben Heilerin warst, das dürfte sehr wichtig sein. Ich bin auch sicher, dass das deine Lebensaufgabe ist. Und dein Mann hat auch eine solche Lebensaufgabe, er ist auch ein Heiler. Vielleicht ist das die Verbindung und die Chance auf Heilung für euch beide«, sinnierte Erwin.

Anna fühlte sich inspiriert, sie hatte für sich Antworten gefunden, und jetzt musste sie damit arbeiten, für sich Heilung und Vergebung finden, dann würde das Schicksal auch einen Weg finden, wie auch Hannes sein Karma aufarbeiten konnte.

»Anna, es wäre sehr schön, wenn du mich auf dem Laufenden halten könntest, denn eure Geschichte ist sehr spannend. Außerdem wäre es schön, wenn wir ab und zu zusammenarbeiten könnten.«

»Ja, wir bleiben sicher in Kontakt. Wir wohnen ja nicht weit von einander entfernt«, verabschiedete sich Anna.

An diesem Abend war Anna sehr nachdenklich, wie sehr doch die Vergangenheit in die Gegenwart wirkte. Sie hatte schon viel darüber gelesen, doch wie sehr Karma das Leben beeinflusste, war ihr erst heute zu Bewusstsein gekommen.

Wenn sie schon vor Jahren eine Rückführung gemacht hätte, wäre es möglich gewesen, die Vergehen aufzuarbeiten?

Vielleicht, doch jetzt musste sie in der Gegenwart arbeiten, mit den Mitteln, die ihr jetzt zur Verfügung standen.

Und sie hatte Möglichkeiten.

Sie musste auch lernen, mehr auf ihre innere Führung zu achten. Es wurde ihr immer mehr bewusst, dass sie ihr gesamtes Leben anders ausrichten musste, um zu der Frau zu werden, die sie wirklich war.

Sie erkannte, dass sie alle Schatten ins Licht holen und annehmen musste, transformieren durch Licht und Liebe.

Tagebuch, 15. September 2006

Die letzten Tage waren für mich sehr interessant. Ich war bei einer Rückführung, und jetzt ist mir so einiges klarer.

Ich weiß, manche Menschen halten nichts davon, doch das ist für mich nicht relevant.

Ich habe Antworten bekommen und bin entschlossen, die Muster aufzulösen. Ich vertraue darauf, dass ich Unterstützung bekomme, und vertraue auf die Führung.

Ich fühle mich endlich bereit, den nächsten Schritt zu wagen.

In mir wird auch die Überzeugung immer intensiver, dass ich eine einschneidende Veränderung in meinem Leben brauche, vermutlich auch beruflicher Art. Es erfordert nur Mut, ich hoffe, ich werde den Mut aufbringen.

So viele Menschen haben es schon gewagt und waren erfolgreich, also werde ich das auch schaffen, sobald die Zeit reif ist.

Der Weg ist das Ziel

Anna hatte viel zu tun, die neue Arbeitsstelle, Einschulungsdienste, der Haushalt. Es war wie verhext, dass sie fast keine Zeit fand für Meditation und Energiearbeit.

Es war eindeutig an der Zeit, ein paar Abläufe zu ändern und alte Muster zu durchbrechen.

Sie brauchte auch mehr Zeit für sich und auch für Spiel und Spaß. Doch das war gar nicht so einfach.

Und wieder mal kam die Hilfe. Sehr irdisch, in der Form der freien Diensteinteilung, und das verschaffte Anna Luft und Zeit.

Und so begann sie damit, für sich Wege zu suchen um die karmische Schuld aufzuarbeiten.

Anna erkannte, dass ihre große Ernsthaftigkeit mit dem Leichtsinn des jungen Mannes aus grauer Vorzeit zusammenhing. Sie wollte Leichtigkeit, Spiel und Lachen in ihr Leben holen, doch dazu musste sie sich in die Gefühlswelt dieses früheren Lebens begeben. Den Schmerz an die Oberfläche holen, fühlen und annehmen, mit Licht erfüllen.

Tagebuch, 18. September 2006

Ich bin heute beim Meditieren eingetaucht in die Gefühlswelt eines vergangenen Lebens, und das war sehr intensiv.

Dieser junge Mann, der ich einst war, hat seine Gefährtin über alles geliebt, er war so voller Freude und Überschwang, verspielt, übermütig, ganz voller Lebensfreude, bis zu dem Tag, wo er den Tod seiner Gefährtin unabsichtlich verschuldete.

Mit ihrem Tod verlor er die Lebensfreude, die Schuld erdrückte ihn, bis sein Herz fast erstarrte. Nichts mehr war wichtig, nicht, wo er lebte, was er tat, auch nicht, wo und wie er starb.

Das waren sehr intensive Gefühle, und noch schwieriger war es, sie anzunehmen, sie zu integrieren, diese Gefühle in mich und mein Herz zu integrieren, da sie meinen Trennungsschmerz wieder sehr lebendig gemacht haben.

Und doch empfinde ich es so, als wäre ein Teil zu mir zurückgekehrt.

Es ist nur schade, dass ich diese Erfahrungen nicht mit Hannes teilen kann, denn er ist ja auch ein Teil davon, er war dieses junge Mädchen.

Doch irgendwann werden wir darüber sprechen.

Ich für mich will versuchen, etwas von der Verspieltheit und Lebensfreude, etwas von der Leichtigkeit dieses jungen Mannes in mich zu integrieren, denn Lachen und Spiel sind auch sehr wichtig für mich.

Anna konnte fühlen, wie sie sich zu verändern begann, wie ihr Leben sich zu ändern begann. Es machte ihr manchmal direkt Angst, denn sie dachte, es könnte zu Verlust führen, und Verlustangst war immer ein zentrales Thema gewesen, doch nun, da sie sich entschlossen hatte, sich zu wandeln, musste sie auch diese Angst annehmen.

In ihrem Herzen hatte sie lang schon erkannt, dass auch Verlust nur in einem selbst passiert, dass alle Antworten in ihr lagen. Doch sie erhielt wieder einmal Hilfe und Antwort.

Ein Traum, in dem Rihanna wieder eine Botschaft hatte:

»Fürchte dich nicht. Nichts geht verloren im Rad des Schicksals. Es ist alles dein, immer und ewig. Lass los und fliege, und nichts kann dich aufhalten! Ich bin immer bei dir, denn ich bin du und du bist ich. Vertraue, lebe mit dem Herzen, und du wirst wissen was zu tun ist!«

Ja, Anna musste loslassen, und das wusste sie auch, doch es war ein harter Kampf. Doch ein Verharren würde die Heilung unmöglich machen, deshalb suchte sie Rat bei einer Reiki-Meisterin, deren Bücher Anna sehr gut gefielen und aus denen sie sehr viel Kraft geschöpft hatte.

Die Antwort auf Annas Mail an Karin E. J. Kolland:

Liebe Anna!
Die Liebe ist unser größter Lehrmeister – sie heilt. Wir alle erleben
den Wandel von der »besitzergreifenden Liebe« zur Notwendigkeit
der »bedingungslosen Liebe«, die frei gibt. Was immer, liebe Anna,
zwischen dir und deinem Mann vorgefallen ist, es dient euch beiden
zur Heilung und zum Wachstum, auch wenn es noch so schmerzt.
Liebe Anna, was zu dir gehört, kann dir niemand nehmen. Das, was
nicht zu dir gehört, kannst du nicht halten!
Vertraue, Heilung kommt.
Alles Liebe
Karin

Ja, diese Wahrheit hatte Anna schon erkannt, jetzt ging sie daran, die
Verstrickungen zu trennen, die Bindungen zu lösen, damit sie und auch
Hannes frei sein konnten, damit Raum für Entfaltung entstehen konnte.

Bei diesem Ritual stellte Anna erstaunt fest, wie verstrickt sie doch noch
immer war. Es löste aber auch heftige Emotionen aus. Doch nachdem sie
ausgiebig geweint hatte, fühlte sie sich ungemein erleichtert.

Tagebuch, 20. September 2006

Gestern war ich wieder laufen, das Wetter ist für September einfach traum-
haft. Ich liebe es, wenn sich die Blätter verfärben, und den herbstlichen
Geruch.
Ich mache Fortschritte auf meinem Weg, auch wenn es manchmal sehr
schmerzhaft ist. Ich habe wieder dieses energetische Trennungsritual durch-
geführt, und es hat wieder Schmerz, Qual, ja fast Agonie ausgelöst. Ich hätte
nicht erwartet, noch so heftig zu reagieren, doch danach ging es mir besser.
Ich fühle mich dankbar, dass ich so viel Reichtum an Gefühlen in mir habe,
aus denen ich schöpfen kann.

Hannes liebe ich immer noch, doch ich weiß ihn sicher in meinem Herzen.

Ich habe begonnen, mich sehr intensiv mit Reiki und der Arbeit mit dem Herzen auseinanderzusetzen, das ist ungemein bereichernd.

Es ist seltsam, außer meinem Job lebe ich fast wie in einem Retreat, es ist so, als würde die Zeit angehalten, um mir Raum und Zeit zu geben, mich zu finden, zu entwickeln.

Natürlich treffe ich mich auch mit anderen Menschen, Günter ist ein Fixpunkt, ich danke Gott für diesen Freund.

Doch den größten Teil meiner Freizeit widme ich der Meditation oder Reiki.

Anna durchlebte eine Zeit großer Veränderung, denn mit jedem Schritt durch die karmische Vergangenheit entdeckte sie immer mehr, wie viel von ihrem Potenzial sie nicht beachtet hatte, wie viel Wissen in ihr vorhanden war.

Die Botschaften und der Kontakt mit Rihanna gaben Anna Mut.

Es machte sie traurig, dass sie mit Jenny keinen Kontakt hatte, sie vermisste ihre Tochter, doch durch die Situation, die Hannes geschaffen hatte, waren die Familienverhältnisse sehr kompliziert und belastet geworden.

Tagebuch, 8. Oktober 2006

Die Veränderungen, die ich durchlaufe, sind faszinierend. Ich fühle mich gut, und es geschieht sehr oft, dass Menschen an mich herantreten, die Rat oder Hilfe brauchen, und es genau Rat ist in einem Punkt, den ich gerade selbst aufgearbeitet habe.

Ich verspüre wieder Lebensfreude, ich gehe wieder gerne unter Menschen und ich habe Sehnsucht nach menschlicher Nähe. Nach Streicheleinheiten.

Ich vermisse Hannes immer noch sehr, doch ich habe es geschafft, ihn loszulassen, damit er seinen Weg gehen kann.

Ich habe gelesen, dass keine Liebe durch eine andere ersetzt werden kann, und das halte ich für wahr, denn es entspricht dem Gefühl in meinem Herzen.

So wie Rihanna mir gesagt hat, die Verbindung der Herzen besteht immer.

Rihanna! Ich bin immer wieder erstaunt, welche Weisheit diese Frau ausstrahlt, dabei ist sie ja ein Teil von mir oder ich von ihr. Dieses Leben anzunehmen fällt mir deshalb schwer, weil ich wohl ein mangelndes Selbstwertgefühl habe.

Ich habe ihre Gefühle gefühlt, mit welcher Kraft sie ihr Opfer gebracht hat, aus Liebe.

Ich werde versuchen, diese Größe anzunehmen.

Ich denke, es ist an der Zeit, mir zu überlegen, ob ich nicht wirklich grundlegende Veränderungen brauche. In meinem Herzen weiß ich, dass ich nicht mehr in der Medizin arbeiten möchte, doch ich brauche das Geld, ich denke, diesen Glaubenssprung wage ich noch nicht.

Ich möchte viel lieber Seminare halten, malen, meine Kreativität leben, ich werde den richtigen Zeitpunkt abwarten.

»Günter, es ist schon erstaunlich. Mir fallen nur mehr Bücher über Karma, Seelenpartnerschaft, Liebe, Heilung und solche Themen in die Hände. Es ist so, als würde mir alles vor die Nase gesetzt, was ich für meine Entwicklung und Heilung brauche.«

»Du weißt ja, ich sehe das Leben weniger esoterisch, doch wenn es dir hilft, dann ist es ja gut«, meinte Günter. »Es ist schön zu sehen, dass es dir besser geht, dass sich deine geschundene Seele erholt, schön, dass du langsam über deinen Verlust hinwegkommst.«

»Na ja, ich verarbeite es so gut ich kann. Ich brauche langsam einfach wieder eine Dosis Leben, ich bin jetzt insgesamt seit mehr als eineinhalb Jahren sozusagen alleine. Mir ist von Michael, meinem Chef, empfohlen worden ich soll versuchen, jemand kennenzulernen. Er meinte, über das Internet, was sagst du dazu?«

Günter erstarrte. »Das meinst du doch nicht im Ernst, oder?«

»Nun ja, ich kenne einige Paare, die sich so kennengelernt haben, denn ich lerne auf normalem Weg sicher niemanden kennen. Außer wenn ein Mann vom Himmel fällt und mitten in meinem Biotop landet, und das ist doch sehr unwahrscheinlich«, scherzte Anna. »Wie gesagt es ist nur so ein Gedanke, denn irgendwie muss doch das Leben weiter gehen.«

»Ach, Anna, das solltest du dir gut überlegen, ich halte von diesem Internetdating so gar nichts. Und willst du denn eine Beziehung?«

»Nein, eigentlich nicht, doch mal ausgehen oder essen gehen wäre irgendwie nett, aber du hast recht, besser nicht.«

Und damit war das Thema auch beendet.

Anna und Günter kochten gemeinsam und verbrachten einen netten Abend, sehr ruhig und gemütlich.

In der Arbeit lief es für Anna ruhig und angenehm, und in ihrer Karmaarbeit machte sie große Fortschritte.

Je mehr sie sich in die Gefühle vertiefte, die sie in der Rückführung erlebt hatte, umso mehr verstand sie, warum ihre Beziehung zu Hannes so verlaufen war.

Und obwohl sie als Mikal und Rihanna beide einen spirituellen Weg gewählt hatten, waren sie in allen Leben getrennt worden, ob durch den Tod, durch Eide oder Verrat.

Sie hatten sich wiedergefunden, hatten einen Weg des Heilens gewählt, und nun wurden sie Prüfungen unterzogen.

Anna verstand, dass, wenn sie die Prüfungen bestanden, es möglich wäre, in reiner, bedingungsloser Liebe als Seelenpartner zu leben. Doch bis dahin war es noch ein langer, steiniger Weg.

Doch in ihrem Inneren kehrte Frieden ein, sie hatte schon so viel geschafft, so viel gewandelt. Sie hatte Zeit.

Anna verbrachte wieder mehr Zeit mit ihren alten Freunden, und ihr Leben erhielt nach und nach einen neuen Rhythmus und neue Tiefe.

Sie vertiefte ihre Freundschaften und gab sich auch wieder der Freude des Kochens hin, veranstaltete nette Essen mit ihren Bekannten.

Und sie löste alte Muster gegenüber ihrer Mutter, seit vielen Jahren waren sie sich wieder nahe, führten aufrichtige Gespräche und alte Wunden wurden endlich geheilt.

Tagebuch, 14. Oktober 2006

Ich hatte nette Tage, das Wetter ist immer noch wunderschön. Ein richtig wunderbarer Spätsommer, ideal zum Laufen.

Basil war einige Tage auf Urlaub bei Gerhard und Ena. Das war auch recht nett, da konnte ich in Ruhe putzen, doch jetzt bin ich froh, dass er wieder hier ist, er fehlt mir immer, wenn er weg ist.

Heute wäre der siebente Jahrestag unserer Beziehung, das macht mich doch traurig. Aber ich kann damit umgehen. Ich würde mir sehr wünschen, dass es endlich eine Aussprache mit Hannes gäbe, denn ich denke, wir hätten eine Menge zu klären.

Sonst verläuft mein Leben positiv.

Ich bin sehr froh, dass ich mich nach so vielen Jahren wieder mit Mama verstehe, mit ihr zu sprechen ist sehr schön. Noch schöner, dass wir uns gegenseitig helfen können.

Morgen gehe ich wieder mit Günter laufen, wir haben uns elf Kilometer vorgenommen, das wird sicher ein ordentlicher Muskelkater werden.

Ansonsten merke ich immer mehr, dass ich bald einen Weg wählen muss, ich fühle, dass ich mein Leben grundlegend ändern muss, mir fehlen nur die Mittel. Ich hoffe, Gott sorgt für die Mittel.

Ich will mein Häuschen, in dem ich dann bleiben kann, ich will gerne malen und töpfern. So kann ich nur hoffen, dass sich mir bald Zeichen offenbaren, wohin es gehen soll.

Langsam zog der Herbst ins Land, die Blätter fielen von den Bäumen, und das bedeutete viel Arbeit für Anna. Der Garten musste für den Winter vorbereitet werden, Büsche gehörten geschnitten und die Rosen gestutzt. Und jede Menge Äpfel gehörten versorgt.

Günter half Anna dabei, und zu zweit machte das auch viel mehr Spaß.

Tagebuch, 21. Oktober 2006

Ich gehe arbeiten, und ich habe dank Reiki meinen inneren Frieden gefunden.

Ich liebe meinen Hannes immer noch, doch er braucht seine Freiheit, um wachsen und lernen zu können, denn das alles ist eine Prüfung, die der Heilung dient.

Ich habe oft das Gefühl, ihn wahrzunehmen, und ich meine zu fühlen, dass es ihm schlecht geht, doch er muss selbst seinen Weg finden aus der Dunkelheit wieder hin zum Licht.

Denn Dunkelheit umgibt ihn.

Meine Liebe ist rein, bedingungslos und voller Licht, sie ist!

So weit hat meine große Krise mich wieder auf den spirituellen Weg gebracht, mich meiner inneren Stärke gewahr werden lassen. Und die Hoffnung werde ich bewahren, denn alles geschieht zum höheren Wohl für alle.

Der Herbst blieb weiterhin schön und ungewöhnlich mild, und langsam kam der November. Annas Leben wandelte sich in dem Maße, wie sie sich selber und ihr Karma annahm.

Das Leben im Kerker war für sie ein harter Brocken, sie hatte in diesem Leben ihre Frau sehr geliebt und war betrogen worden. Diese Wut anzunehmen, die dieser Mann gefühlt hatte, als er den Verrat entdeckte, brachte Anna fast an ihre Grenze, auch die Schuld durch die Morde war sehr schwer zu ertragen.

Doch dann entdeckte sie in einem Buch etwas, das helfen konnte, auch solch unangenehme Gefühle ins Herz und somit ins Licht zu holen und anzunehmen. Alle Gefühle wollen beachtet werden, gefühlt werden, das lernte Anna nach und nach.

Mit jedem Tag entdeckte sie wieder mehr Schönheit und Licht in ihrer Umgebung, ihre Heilung machte Fortschritte.

Sie lernte, ihr Herz wieder zu öffnen, auch wie viel Reichtum selbst im Gefühl des Schmerzes lag, wenn man jedes Gefühl fühlt und ins Herz nimmt.

Anna hatte das Gefühl, die Dunkelheit, die sie umgeben hatte, wurde jeden Tag ein wenig mehr mit Licht gefüllt.

»Annehmen des Lichts (Karin E. J. Kolland, Intuitives Reiki, Meistergrad, Hanael Verlag, 2000)

»Wenn wir gelernt haben, in Würde zu sein und die Würde anzunehmen, dann beginnen wir zu erkennen, dass in Wirklichkeit alles Licht und Liebe ist.

Alles, was uns begegnet.

Es ist deshalb alles Licht und Liebe, was uns begegnet, weil wir selbst Licht und Liebe sind, Liebe und Licht durch uns strahlt. Wie könnte da etwas um uns nicht Liebe sein? Wir sind selbst zum Licht geworden. Wie könnte da etwas um uns nicht Licht sein?

So wie die Sonne ausnahmslos über allem scheint, so strahlt das geistige Licht ausnahmslos durch alle Erscheinungen unserer Welt. Die Bausteine dieser Welt, der Materie, der Töne und Eigenschaften sind Licht. Licht, das dem göttlichen Ursprung entspringt. So wie wir Menschen uns ungefragt auf den Tag und auf die Nacht einlassen müssen, so müssen wir uns auch vollkommen ungefragt auf das Licht, hinter den Kulissen der sichtbaren Welt, einlassen und lernen, dieses Licht anzunehmen. Der Tag hat sein Licht, die Nacht hat auch ihr Licht. Die Zelle hat ihr Licht und jedes Atom hat sein Licht.

Licht ist überall, im Dunklen und im Hellen. Nichts Dunkles könnten wir wahrnehmen, gäbe es das Helle nicht. Wir können daher nicht sagen, dieses Licht nehme ich an, ihm folge ich, und dieses Licht lehne ich ab.

Gott und die kosmischen Gesetze belehren und führen uns durch Licht und Schatten. Aus beidem lernen wir. Auch im Schatten ist Licht enthalten, und je mehr Licht wir in den Schatten hineintragen, umso heller wird er. Wir können das Dunkle nicht meiden, nicht verjagen, wo sollte es hin?

Wir können es nur mehr und mehr aufhellen und so transformieren. Wir müssen das Licht in all seinen Schattierungen annehmen lernen, bis wir die höchste Quelle des reinen geistigen Lichts erreichen.«

Diesen Text hatte Anna oft gelesen, sie hatte die Dunkelheit erlebt, in sich selbst, und sie hatte die Dunkelheit in sich mit Licht gefüllt. Ein weiterer Schritt auf dem Weg.

Sie dachte nicht gern an diese beiden Monate zurück, doch auch diese Gefühle musste sie annehmen, um heil zu werden.

Sie wollte zwar weder ihr gebrochenes Herz fühlen noch den Schmerz der Demütigung und der absoluten Brutalität dieser Trennung, doch auch diese Teile gehörten zu ihr und mussten ins Licht geholt werden.

Sie dachte immer noch sehr oft an Hannes, an ihre Liebe. Doch sie hatte auch erkannt, dass er für sich selbst seinen Weg finden musste, sich entfalten, zurück zu seiner Spiritualität, er musste seinen eigenen Meisterweg gehen.

Er fehlte Anna, denn sie liebte Hannes mit ihrem ganzen Herzen.

Doch in einem weiteren Text entdeckte sie eine Wahrheit, die ihr half.

»Wenn du dich einem Menschen zutiefst verbunden fühlst und doch gezwungen bist, dich zeitweise oder ganz von ihm zu trennen, so liegt gerade in dieser räumlichen Trennung die größte Chance für das Wiederfinden der wahren Einheit.

Denn so wie der Körper ein Vehikel sein kann, um Nähe zu spüren, so kann er bisweilen auch eine Trennwand sein, die wahre Vereinigung verhindert.

Wenn du dich aus der körperlichen Nähe deines Geliebten aus welchem Grund auch immer entfernt hast, so hast du die Chance, in deinem Fühlen und Denken, in der Einstimmung und Ausrichtung deines Bewusstseins jene Ebene zu erreichen, auf der ihr tatsächlich untrennbar verbunden seid.

Der Preis allerdings, den du dafür bezahlen musst, ist das Akzeptieren des (vorübergehenden oder endgültigen) körperlichen Getrennt-Seins samt allem Schmerz, den es dir verursacht. Fühlst du diesen Schmerz aufrichtig und vollständig, so findest du auf dem Grund dieses Schmerzes – wenn du den Kelch sozusagen bis zur Neige geleert hast – den Grund, der euch vereinigt, den gemeinsamen Boden, auf dem ihr steht, den Schatz, das kostbare Geheimnis eurer Herzen: *die Liebe.*

Und hast du erst einmal die Liebe gefunden, so kann nichts auf der Welt dich mehr glauben machen, dass es Trennung gibt.

Dies sind Worte, die du nicht mit dem Verstand begreifen kannst, sondern nur mit dem Herzen, und mit dem Herzen kannst du nur begreifen, indem du dich durch alles, was dein Herz in diesem Zusammenhang bewegt, aufrichtig und ohne jede Gegenwehr hindurchfühlst.«

(Safi Nidiaye, Die Schönheit der Liebe, Bastei Lübbe 2001)

Anna verstand mit ihrem Herzen, und je mehr sie sich damit auseinandersetzte, ihren Schmerz annahm, durch Liebe transformierte, umso lichtvoller wurden ihre Tage.

Tagebuch, 9. November 2006

Es ist etwas Erstaunliches geschehen.

Ich habe von und mit Hannes geträumt. Der ganze Traum war ein wenig seltsam, doch er gibt Anlass zur Hoffnung.

Ich habe geträumt, Hannes sei aus dem Ausland nach Hause gekommen, und ich wusste von Lexa, doch wir haben locker geplaudert, spielerisch fast, und er hat mir gesagt, dass er mich jetzt nicht lieben darf, aber später!

Ich bin damit auch gut klargekommen, es hat nicht wehgetan.

Und auch das Umfeld war komisch, ein schäbiges Zimmer. Er hat mir gesagt, dass er das Konto so sehr überzogen hat, dass er überhaupt kein Geld mehr von der Bank bekommt (12.000 Euro, ich hoffe, das stimmt nicht in der Realität). Und dann, ich weiß gar nicht wie, sind wir im Bett gelandet.

Das war auch merkwürdig, denn zuerst hat er mehr oder weniger nur Dinge getan, die ich gar nicht mag, ganz anders, als ich ihn kenne, dann habe ich ihn gebremst und gebeten, sich anders zu verhalten, und dann ist es pas-

siert, totale Vereinigung, telepathische Verbindung, und sobald der mentale Link vollkommen war, Einssein – Erlösung, zu den Sternen fliegen!

Nur kurz, denn ich glaube, dann ist Hannes in der Realität munter geworden, und zwar ziemlich verwirrt, aber nur kurz.

Doch dann haben wir noch weiter geträumt und gesprochen, da hat er was von so Saisonjobs erzählt, und ich glaube, ich habe meine Botschaft vermitteln können.

Ich habe nach dem Höhepunkt zu ihm gesagt: »Ich liebe dich, obwohl ich das eigentlich nicht sagen darf«, und er hat gelächelt.

Es war ein guter Traum, voller schöner Gefühle.

Der Traum war zumindest die erste wirkliche Kommunikation, und ich könnte mir vorstellen, dass Hannes heute sehr verwirrt ist, weil er einen solchen Traum von und mit mir hatte.

Er erkennt so gut wie ich, wenn unsere telepathische Verbindung besteht.

Unsere Seelen haben heute Nacht eindeutig ihre Sehnsucht zum Ausdruck gebracht und ich hoffe, dass solche gemeinsamen Seelenvereinigungen jetzt wieder öfter stattfinden.

Ich habe in den letzten Monaten hart daran gearbeitet meinen Mann in Liebe freizugeben, alle meine Ängste durch Liebe und Herzensmut zu transformieren.

Ich versuche meine Wünsche und Intentionen reinen Herzens und mit reiner Liebe zu visualisieren und die Macht meiner Gedanken zu nutzen.

Der Traum heute hat mir Mut gemacht, denn es bedeutet, dass Hannes' erstarrtes Herz, der Sitz seiner Seele, wieder zum Leben erwacht. Ich zähle auf weitere telepathische Kommunikation, die hoffentlich auch zu Kommunikation im realen Leben führen wird und somit zu Heilung und göttlicher Liebe.

Ich bin immer wieder erstaunt, welche Tiefe unser telepathischer Rapport erreicht, aber das war von Anfang an so. Vor allem beim Liebemachen. Trotzdem wird es ihm ein wenig zu denken geben. Schade, dass ich Hannes nicht fragen kann, was er genau geträumt hat, um das Rätsel besser zu verstehen.

Bin gespannt, was die nächsten Tage und Wochen bringen werden, denn

nach fast einem halben Jahr wäre Kommunikation wirklich wünschenswert.
Verbindung und Heilung auch – nun ja, kommt Zeit, kommt Rat.

Eines aber ist sehr schön: Gleich nach dem Traum war ich nur von wildem Glücksgefühl durchdrungen, meine Seele hatte sich so sehr nach ihm gesehnt. Jetzt endlich war die Sehnsucht erfüllt worden, für kurze Zeit, die vollständige Verbindung mit Hannes' Seele.

Ich habe in den letzten Jahren gelernt, dass alles möglich ist. Deshalb vertraue ich auf die himmlischen Botschaften und Zeichen, denn wenn mein Traum kein Zeichen war, was ist dann ein Zeichen vom Himmel?

Ich vertraue auf meine spirituellen Begleiter und die Engel und danke für die Liebe und Unterstützung, die ich erhalte.

Der Traum hatte Anna sehr berührt. Doch sie konnte fühlen, ahnen, dass es noch ein steiniger Weg auf dem Pfad ihrer Seelenpartnerschaft werden würde.

Da standen noch Kämpfe um Verständnis und um die wirklichen Werte an.

Und dafür war Kommunikation nötig, und die würde es noch lange nicht geben.

Doch sie befand sich auf dem Weg, sie würde nicht mehr wanken.

Sie hatte Licht und Liebe in die dunkelsten Ecken ihres Herzens gelassen, sie würde ihrem Weg folgen.

Der November war schon fast vorüber, die Zeit verging wie im Flug, und Anna fühlte, es kam die Zeit der Veränderung. Sie musste sich entscheiden, voranschreiten auf ihrem Weg.

»Günter, irgendwie habe ich das Gefühl, ich muss andere Dinge machen. Mein Job ist zwar okay, doch ich habe das Gefühl, keine Zeit für die wirklich wichtigen Dinge im Leben zu haben. Ich weiß, was ich machen will, doch ich weiß nicht, wie ich es realisieren soll.«

»Ich kann dir da auch keinen Rat geben, denn du brauchst deine Anstellung, umso mehr, da Hannes dich nicht mehr unterstützt«, meinte Günter.

Ja, er hatte recht.

Anna wusste, dass sie ausharren musste, denn ihre Existenz wäre sonst gefährdet. Doch sie fühlte sich gefangen, eingepresst in ein Schema, aus dem sie sich nicht herauswinden konnte. Wie ein Hamster im Rädchen.

In der Nacht träumte sie wieder von Rihanna, und wieder einmal erhielt sie eine Botschaft:

»Es gibt für alles den richtigen Zeitpunkt, es gibt eine Zeit zu warten und es gibt eine Zeit zu handeln.

Dies ist eine Zeit zu warten. Du wirst wissen, wenn die Zeit gekommen ist, dann erfüllt sich alles.

Wage es zu träumen, setze dir keine Grenzen, lebe den Traum, und alles erfüllt sich.

Nutze deine Zeit, lerne und lehre. Lache, tanze und sei froh. «

Das war eindeutig. Anna würde warten, bis sich der richtige Zeitpunkt offenbaren würde. Und sie würde weiter arbeiten, um ihre spirituelle Meisterschaft zu erreichen. Und die Botschaft besagte eindeutig, dass sie mehr Zeit für Spaß und Selbstliebe verwenden sollte.

Das innere Kind wollte beachtet werden und spielen.

Da war es wieder, sie war zu ernsthaft. Doch die vergangenen Jahre hatten Zentriertheit und Tatkraft erfordert, um alle Schwierigkeiten zu meistern.

»Wann habe ich zum letzten Mal herzhaft gelacht?«, fragte sich Anna. Das war schon lange her, sicherlich Monate.

»Also gut, ich brauche Lachtherapie.« Anna fand alleine den Gedanken amüsant, dass es für diese Erkenntnis eine Traumbotschaft brauchte, da hätte sie von selbst darauf kommen können.

Dezember 2006

Anna erwachte aus einem angenehmen Traum. Sie hatte von der Zukunft geträumt, einer schönen Zukunft.

In dem Traum hatte sie eine Reiki-Praxis in einem älteren Häuschen mit einem wunderschönen, großen, alten Garten, viele Bäume und Büsche, im Vorgarten Blumen: Goldlack, tränendes Herz, Lupinien, Rittersporn, alle die Blumen, die sie liebte.

Nebengebäude, die umfunktioniert waren, sie lebte, was sie sich schon sehr lange gewünscht hatte, und war zufrieden.

Endlich tat sie die Dinge, die ihr wichtig waren.

»Basil, mein Süßer, leider war das nur ein Traum. Das wünsche ich mir wirklich, und ich hoffe, es erfüllt sich. Das wäre für dich auch herrlich, wenn ich zu Hause arbeiten würde. Aber manche Träume werden wahr. Ich schreibe es auf meine Wunschliste. Komm, lass uns aufstehen.«

So wie jeden Morgen, dasselbe Ritual, aufstehen, Basil hinauslassen, duschen, Kaffee trinken.

Anna versuchte sich an ihren freien Tagen zu verwöhnen, zu spielen und zu lachen.

Sie nahm sich aber auch Zeit, zu meditieren und Reiki zu praktizieren und gute Bücher zu lesen.

Und es gab viele Schmuseeinheiten für Basil und lange Spaziergänge im Wald. Anna genoss die Natur zu jeder Jahreszeit, den Wind in den Bäumen, das Plätschern des Wassers in dem Bach, die Vogelstimmen.

Es gab ihr immer Kraft und neue Energie. Im Winter war es leider schwer möglich, unter einem Baum zu meditieren, doch im Frühling konnte sie das wieder tun.

Es war eine Zeit der Ruhe, Entspannung und Besinnlichkeit.

Anna dachte sehr viel über ihre Ehe nach, das Versprechen, das sie und Hannes sich gegeben hatten. Über die Treue, die sie nach wie vor lebte, so wie sie sich an ihr Versprechen hielt.

»Nicht was Gott zusammengefügt hat, soll der Mensch nicht scheiden, sondern kann der Mensch nicht scheiden!

Welche Beziehung auch immer sozusagen im Himmel geschlossen wurde, in einem Bereich jenseits von Raum und Zeit, sie hat Bestand – sei es eine Ehe oder eine Freundschaft. Ihr könnt sie nicht scheiden. Ihr könnt es rein äußerlich beenden, indem ihr in eurem körperzentrierten Leben verschiedene Entwicklungsrichtungen einschlagt. Aber eure Wesen werden verbunden bleiben. Dies kann der Mensch tatsächlich nicht scheiden. Es handelt sich weder um ein Gebot noch um ein Verbot, sondern um eine Tatsache.« (Safi Nidiaye, Liebe ist mehr als ein Gefühl, Ullstein, 2004)

War ihre Ehe im Himmel geschlossen? Sie hatte das immer angenommen. Und selbst wenn sie sich »nur ein Versprechen« gegeben hatten, sie hatten sich nicht davon entbunden.

Anna war sich über ihre Gefühle völlig im Klaren, auch dass ihre Verbindung von Menschen nicht geschieden oder getrennt werden konnte. Es konnte ein Zettel geschrieben werden, doch er war schon vor der offiziellen Eheschließung ihr Mann gewesen, und egal wohin sie in ihrem Leben noch gehen würde, er blieb ihr Mann, ganz egal wo sie lebten und unabhängig von einem Stück Papier.

Doch sie erkannte auch immer mehr, dass sie voranschreiten, aktiv ihr Leben gestalten, wieder leben musste.

Sie wollte nicht immer zölibatär leben, sie war eine Frau, die ihre Weiblichkeit empfand und auch leben wollte.

Die Frage war, konnte sie das? Wie konnte sie das?

In ihrem Inneren war Anna so sehr verheiratet, dass dieser Gedanke bis zu diesem Zeitpunkt undenkbar war, doch das Leben machte sich bemerkbar, wollte gelebt werden.

Das Bedürfnis nach Nähe und Wärme, nach Zärtlichkeit wuchs in ihrem Inneren. Doch was war mit Treue?

»Ohne Treue keine Liebe, ohne Treue keine Freundschaft. Andererseits hat jede Art Beziehung, ebenso wie jede einzelne Beziehung, ihre eigene Art von Treue.

Welche Art von Treue beinhaltet diese Beziehung? Denn wenn sie eine wahre Liebe ist, beinhaltet sie von sich aus ihre eigene Treue, ihr müsst sie nicht erst durch Vorstellungen oder Konventionen irgendwelcher Art von außen aufzwingen.«

(Safi Nidiaye, Liebe ist mehr als ein Gefühl, Ullstein, 2004)

Anna war treu, immer noch.

Sie liebte Hannes, doch Hannes lebte mit einer anderen Frau, praktisch in einer anderen Welt.

Und doch war er ihr Mann!

Nicht dass ein potenzieller Partner in Sicht gewesen wäre, doch sie schenkte diesen Gedanken auch ihren Platz, da sie sich einfach stellten.

Anna beschloss, die Dinge auf sich zukommen zu lassen und dann mit dem Herzen zu entscheiden.

Sie hatte getrauert, sie hatte einen weiten Weg zurückgelegt, es war an der Zeit, weitere Schritte zurück ins Leben zu gehen.

Es war wirklich erstaunlich, stellte Anna für sich fest. Je weiter sie sich in ihren Weg vertiefte, umso öfter wandten sich Kollegen an sie mit der Bitte um Rat oder Beratung. Sie hatte ihre Seminarunterlagen überarbeitet und überlegte, ein Buch zu schreiben, aus den Skripten, und erweitert durch ihre eigenen Erfahrungswerte.

Das war sicher eine Idee die weiterzuverfolgen sich lohnte. Je mehr sie gelernt hatte, umso mehr hatte sie mit dem Herzen verstanden.

Das weiterzugeben, zu lehren wäre eine gute Sache. Vor allem ihre Energiearbeit mit Tieren, Reiki für Tiere. Das war ihr ein Anliegen. Auch für Schwangere und Kinder, da gab es nicht sehr viel.

Sie wollte darüber meditieren und ihre spirituellen Begleiter um Unterstützung bitten und um Führung.

Einweihung

Anna hatte einen langen Tag in der Arbeit hinter sich. Es hatte zwar keinen Stress gegeben, doch sie war müde. Eine Kollegin hatte um Rat gebeten, den Anna zwar geben konnte, doch diese Frau war sehr anstrengend in ihrer Art, belastet und gezeichnet vom Leben.

Doch Anna hatte ihr helfen, sie beraten können und freute sich darüber.

Nach und nach kamen auch Anfragen, ob sie wieder Seminare halten würde, und darüber freute sie sich nach so langer Zeit. Doch es mussten noch einige Voraussetzungen geschaffen werden, und Anna hatte das Gefühl, noch ein wenig mehr Zeit für ihre Entwicklung zu brauchen.

Etwas fehlte noch.

Wieder erschien ihr Rihanna im Traum, doch dieses Mal war es eine wirkliche Begegnung. Nicht nur eine Botschaft, Rihanna kam, um zu lehren.

»Komm mit mir, wir haben eine weite Reise vor uns!«, forderte Rihanna Anna auf. »Komm, begleite mich. Hab Vertrauen, kein Leid wird dir geschehen.«

Rihanna trug eine schlichte weiße Robe und reichte Anna die Hand.

Es war, als ob sie ein Wirbel erfasste, ein Kaleidoskop aus Farben, und als Anna wieder sehen konnte, stand sie auf der Festungsmauer aus ihren Träumen.

Unter ihr die Meeresbrandung, der Geruch von Salzwasser und Möwen, die über ihren Köpfen kreisten.

»Wie ist das möglich?«, wollte Anna wissen.

»In der Traumwelt, der Welt des Unterbewussten, ist alles möglich. Ich bringe dich in meine Welt, um dir ein Geschenk zu machen.

Ich bin zeit deines Lebens bei dir gewesen, in dir, ein Teil von dir. Ich habe gewartet, bis du erwachst, bis du mich wahrnehmen kannst und bereit bist, mich anzunehmen als Teil von dir.«

»Warum jetzt?« Anna fühlte sich verunsichert, das hier war so realistisch. War sie wach oder träumte sie?

»Du warst immer schon empfindsam, schon als Kind, doch in deiner Welt, deiner Zeit ist der Zugang zu anderen Bewusstseinsebenen nicht mehr selbstverständlich und ein Teil des Lebens, sondern außergewöhnliche Fähigkeiten erwecken Angst. Spirituelles Verständnis, spirituell gelenktes Heilen wird belächelt.

Die meisten Menschen haben den Zugang zu den einfachsten universellen Kenntnissen und zur universellen Energie verloren.

Ich habe in dir gewartet, bis du die Fesseln abwirfst, die dir deine Kindheit und dein Leben aufgezwungen haben.

Als Kind warst du offen für das, was ihr Magie und Telepathie nennt, doch die Prägungen, die Erziehung deiner Zeit haben dich verschlossen. Du bist als Kind oft für deine Bemerkungen belächelt und gemaßregelt worden und hast gelernt zu schweigen, du hast gelernt, deine empathischen Sinne zu blockieren, um konform zu leben.«

Rihanna blickte Anna an und lächelte. Anna sah zum ersten Mal, wie ungewöhnlich die Farbe ihrer Augen war: ein helles Braun mit goldenen Sprenkeln, ein Blick voller Weisheit, Wahrheit, Verständnis und Liebe.

»Doch jetzt, Anna, jetzt hast du deine Blockaden teilweise gelöst. Du bittest oft um Führung, und heute bist du hier, um zu lernen. Vertrau mir, du bist sicher hier mit mir.«

»Du hast recht, ich kann mich erinnern, dass ich als Kind große Fantasie hatte. Doch mir wurde immer gesagt, es sei Einbildung. War es das nicht?«, wollte Anna wissen.

»Nein, keine Einbildung, es war die unschuldige Wahrnehmung eines sensiblen Kindes.

In der Unschuld der Kindheit nehmen viele Menschen auch die Botschaften der höheren Bewusstseinebenen wahr, sind offener für höhere

Energie, doch dann kommt die Konditionierung durch Dogmen, Religion, die Gesellschaft, den Kulturkreis, und die Sichtweise wird immer enger.

Das Einssein mit dem Universum verschwindet, und bei den meisten Menschen bleibt Leere, die ewige Suche nach etwas. Das wird dann ausgefüllt mit Besitztümern und anderen Dingen, doch die Leere bleibt aus mangelndem Bewusstsein, Mangel an Liebe. Eine Verschwendung!«

Anna hatte den Eindruck von Bitterkeit bei diesen Aussagen, doch sie konnte nicht umhin, diese Wahrheit anzuerkennen. Rihanna beschrieb den Mangel an Liebe und Licht nur zu gut.

»Komm, Anna, lass uns ein Stück gehen, wir gehen zu einem heiligen Ort. Ich möchte dir eine Geschichte erzählen.«

Rihanna wandte sich ab und betrat einen schmalen Pfad entlang der Mauer. Anna betrachtete erstaunt die gewaltigen Felsblöcke, aus denen die Festung erbaut war, und mit jedem Schritt erkannte sie mehr und mehr die Erhabenheit der Anlage, erkannte mehr und mehr, dass der gesamte Komplex ein Tempel war, mit allen Gebäuden und Nebengebäuden. Vor ihrem Auge entfaltete sich die schlichte Erhabenheit und Großartigkeit.

Sie verließen den Pfad und betraten ein großes Steingebäude, hohe Säulen ragten zu beiden Seiten empor. An den Wänden spiralförmige Gravuren an den Steinblöcken.

Rihanna schritt zügig voran, durchquerte die Halle und stieg mit Anna nach unten. Plötzlich, nach einer Biegung, öffnete sich eine natürliche Höhle, die in ihrer Schlichtheit atemberaubend schön war.

Durch eine Öffnung drang Licht herein und tauchte die Wände der Kaverne in goldenes Licht. In der Mitte der Höhle war ein Teich, schimmerndes Wasser und ein Wasserfall, in dessen Kaskaden sich das Licht in allen Farben des Regenbogens brach.

Erhabene Stille, nur das Rauschen des Wassers, es duftete nach Kräutern. Anna bemerkte einen kleinen Schrein und eine Schale, in der Räucherwerk verbrannte.

Die Heiligkeit und Energie dieses Ortes nahm sie gefangen.

»Komm, Anna setz dich zu mir«, lud Rihanna Anna ein und zeigte auf weiche Sitzkissen.

Sie ließen sich nieder und genossen eine Weile schweigend die Ruhe und Heiligkeit der Höhle.

»Anna, ich habe dich heute hierher gebracht, um dir Wissen zu vermitteln, und auch, um dir von mir zu erzählen.

Dies hier ist meine Heimat, hier wurde ich geboren. Hier habe ich gelebt. Und hier bin ich auch ins Rad der Zeit zurückgekehrt.

Als ich ein Kind war, wurde auf unsere Gaben und Fähigkeiten geachtet, ich wurde unterstützt und schon als Kind unterrichtet.

Meine Sinne wurden ausgebildet und es war schon in meiner frühesten Jugend klar, dass ich, wenn die Zeit gekommen war, hier als Wächterin und Heilerin leben würde.

Das Heilen, spirituell gelenktes Heilen, ist so alt wie die Menschheit selbst. Die Symbole haben sich verändert, doch nicht das Wesen des Heilens.

Das alte Wissen ging teilweise schon zu meiner Zeit verloren, denn auch wir haben Fehler gemacht, indem wir das Wissen nur einigen wenigen zuteil werden ließen und somit eine Entwicklung in Gang gesetzt haben, die fast zu völligem Vergessen führte.

In meiner Ausbildung wurde ich auch angeleitet, meine vergangenen Leben zu erforschen, und in einem Leben vor unzähligen Jahren war ich auch eine Priesterin. So wie ich heute dich unterrichte, gab sie an mich weiter, was in ihrer Macht stand.

Ihr Name war Selene, und auch sie ist ein Teil von dir. Sie lebte sehr lange Zeit vor mir. Sie lebte in einem Inselkönigreich, du weißt, welches ich meine, das Königreich, das es angeblich nie gab.

Sie war auch eine Priesterin, Hüterin des Wissens und Wächterin. Auch sie lebte für den Dienst und das Heilen. Von ihr weiß ich, dass das Wissen weitergegeben werden muss, vor allem in deine Zeit.

Ich weiß, das ist schwer zu verstehen, doch alles, was im Universum geschieht, geschehen ist und noch geschehen wird, ist eins. Je mehr Wissen vermeintlich verloren geht, umso mehr verroht die Menschheit und geht den Pfad der Vernichtung.

Dabei ist das Wissen vorhanden, immer und überall.

Die Sensiblen, Begabten, die Heiler sind in der Minderheit, durch unsere Versäumnisse, dadurch, dass wir das Wissen nicht geteilt haben.

In deiner Zeit wird ein wenig davon zurückgewonnen, doch es ist für die Begabten ein schwerer Weg.

So wie für dich. Als Kind warst du offen, du hast instinktiv den Tieren die Hände aufgelegt, du hast deine Hellsichtigkeit als normal angenommen.

Du hast deine empathischen Fähigkeiten nicht als Belastung empfunden. Doch im Laufe der Jahre, mit jeder Enttäuschung hast du dich mehr verschlossen, ja sogar Wege gesucht, um all dein Potenzial völlig zu unterdrücken.

Und doch, du hast deine Aufgabe wiedergefunden, trotz deiner Enttäuschung.«

Rihanna hielt inne, um Anna Zeit zu geben.

»Das verstehe ich schon, doch ich fühle mich sehr verunsichert. Ich vertraue oft nicht auf meine innere Stimme oder auf meine Vorahnungen, obwohl ich die Erfahrung gemacht habe, dass, wenn ich nicht auf meine Intuition achte, meist Misserfolg das Ergebnis ist. Ich vertraue ja nicht mal mehr meiner Herzensverbindung zu Hannes. Und meine Aufgabe wiedergefunden?«, fragte Anna.

»Ja, das sind die Enttäuschungen. Deswegen sind wir heute hier.

Du bist mit Wissen geboren worden, doch es hat sehr lange gedauert, bis du bereit warst, dich ein wenig zu öffnen.

Erst durch das Wiederfinden deines Seelenpartners und das Erkennen begannst du dein Herz zu öffnen.

Ihr habt beide eure Aufgabe erkannt, euch auf den Weg gemacht, und ihr habt beide den Weg wieder verlassen.

In der Stunde deiner größten Enttäuschung hast du, um zu leben, dein Herz völlig geöffnet, du hast alles angenommen und mit Licht gefüllt, du hast versucht, jedes noch so furchtbare Gefühl in dein Herz zu holen und zu transformieren.

Dein Mann hat das Gegenteil gemacht. Er hat sein Herz verschlossen, dich manipuliert, um sich selbst etwas vorzumachen, er belügt sich selbst, um sein Verhalten vor sich zu rechtfertigen.

Du hast recht, Dunkelheit umgibt ihn. Aber wir sind hier wegen dir, nicht hier wegen ihm.«

»Rihanna, ich würde das trotzdem gerne wissen. Ich fühle ihn manchmal, und da nehme ich diese Zerrissenheit, Schmerz und Verzweiflung wahr. In seinem Herzen erkenne ich Blockaden. Gibt es etwas, womit ich ihm helfen kann?«

»Lebe mit dem Herzen, heile mit dem Herzen und liebe mit deinem ganzen Herzen.

Über diese Verbindung kann auch er in einem gewissen Ausmaß Heilung erlangen, doch lernen und erkennen kann nur er alleine.

Er muss sich mit der Wahrheit, nicht mit der Lüge, die er als Ausflucht benutzt, sondern der uneingeschränkten Wahrheit auseinandersetzen, ehrlich mit sich selbst sein und sich selbst vergeben.

Doch dazu muss er verstehen.

Um zu verstehen muss er sich annehmen, annehmen, völlig und ganz, seine Vergehen, seinen Verrat, seine Schönheit und Einzigartigkeit, seine Gaben, sein Verbrechen dir gegenüber und sein Vergehen sich selbst gegenüber.

Er muss seine Lebenslügen durchbrechen, er muss die absolute Wahrheit annehmen und sich selbst vergeben.

Denn wahre Vergebung liegt nur in seinem Inneren.

Und er muss sein Herz öffnen, um alle Gefühle anzunehmen.

Erst dann kann Wachstum folgen.

Doch es ist seine Entscheidung.

Er kann den Pfad des Wissens und Heilens wieder betreten oder aber entscheiden, nie wieder einen Schritt zu gehen«, antwortete Rihanna.

»Anna, ich weiß, es ist schwer! Vertraue, nichts geht im Rad des Schicksals jemals verloren, alles dient einem höheren Zweck. Vertraue!

Doch nun weiter. Meine Ausbildung zur Heilerin hat Jahre gedauert. Als sie beendet war, brauchte ich keine Symbole mehr.

Die Symbole sind nur eine Hilfestellung. Wenn du dir selbst vertraust, auf deine Kraft vertraust, wirst du deinen Geist noch sehr erweitern können und keine Symbole mehr benötigen.

Ich war gerade zur Wächterin geweiht worden, als ich Mikal traf. Wir erkannten uns sofort, bei der ersten Berührung, umfassend und ganz. Ich war auch von Selene darauf vorbereitet worden, denn auch sie war mit ihm verbunden, doch nicht mit ihm verheiratet.

Wir trafen uns, und schon kurze Zeit später wurden wir Mann und Frau, denn vor Gott waren wir das ohnehin schon.

Mikal kam hierher, um seine Ausbildung zu vollenden, und wir wussten beide, dass wir möglicherweise nur wenig Zeit haben würden. Dass es dann nur so kurze Zeit werden sollte, ahnten wir nicht.

Doch unsere Seelen blieben verbunden über all die Jahre. Es war ein Verzicht, ein Opfer, doch wir hatten die Hoffnung, dass wir dadurch das Wissen besser weitergeben konnten.

Mikal verbrachte den Rest seines Lebens am Fuße eines mächtigen Gebirges am anderen Ende der Welt.

Er war ein guter Heiler und Lehrer, viele seiner Lehren existieren bis in deine Zeit.

Ich blieb hier, und jeden Abend ging ich auf die Mauer, jeden Abend habe ich ihm Liebe aus meinem Herzen geschickt und er mir die Liebe aus seinem Herzen.

Ich hatte viele Schüler und begann sie in die Welt hinauszuschicken, um das alte Wissen zu erhalten. Ich hoffe, ich hatte ein wenig Erfolg.

Und heute sind wir beide hier.

Ich möchte dir heute das Geschenk der Reinigung und Einweihung machen.«

Anna sah Rihanna an, tiefer Ernst lag auf dem Gesicht der anderen Frau.

»Einweihung? Wie meinst du das?«, wollte Anna wissen.

»Einweihung in den alten Weg, in altes Wissen, Einweihung für deinen Weg.«

»Das möchte ich gerne. Sag mir, was ich zu tun habe.«

»Zuerst werden wir meditieren, wir werden deinen Berg der Wahrheit erklimmen, deinen Seelentempel besuchen und dich von allen Lasten befreien, dich reinigen, damit du in Unschuld unsere Einweihung empfangen kannst.

Du bist schon viele Jahre auf deinem Weg, du hast schon viele Hindernisse überwunden, doch jetzt musst du dich von deinen Lasten befreien. Opfere sie.

Begib dich in deinen Seelentempel, den Ort tief in deinem Inneren, den Ort, der dein Heiligtum ist. Mach eine Bestandsaufnahme deiner Wesensmerkmale, Eigenheiten, deiner Stärken und Schwächen.

Dann betrittst du deinen Tempel, er ist innen herrlich, golden, ein Tempel des Lichts. Du findest dort einen Altar mit einer Opferschale. In diese Opferschale wirfst du nun alles, was du in deinem Leben opfern musst, auch deine egoistischen Wünsche, deine Beziehung, deinen Stolz, Hochmut, deine Ängste, alles, woran du nicht länger festhalten möchtest, alles, was deiner Entwicklung im Wege steht.

Dann verbrennst du Weihrauch in der Opferschale, du fühlst, wie alles mit dem Weihrauch verbrennt und zu Licht wird.

Fühle, wie du leicht und befreit wirst, wie dich das Licht erfüllt.

Bedanke dich und kehre ins Hier und Jetzt zurück.«

Anna öffnete die Augen und sah sich Rihanna gegenüber, Weihrauchgeruch schwebte in der Luft.

Sie fühlte sich, als hätte sie ein schweres Gewicht zurück gelassen.

»Wie geht es dir?«, fragte Rihanna. Anna sah sie lange an, bevor sie antworten konnte.

»Ich fühle mich von der Last befreit, leicht und erleichtert.«

»Das ist gut. Der nächste Schritt ist es, deinen Berg der Wahrheit zu erklimmen, um alles, was nicht echt, ehrlich und wahr ist, hinter dir zu lassen.

Dieser Berg ist der Weg der Wahrheit.

Mache dich auf den langen, beschwerlichen Weg den Berg hinauf.

Es ist mühevoll, anstrengend, deswegen musst du etwas zurücklassen. Lass alle kleinlichen Sorgen, alle Unwahrheiten zurück und fühle, wie du leerer und leichter wirst.

Lass alle Sorgen los, lass die Vergangenheit los, unwiderruflich und für immer. Wirf alles ab!

Du wirst leichter und leichter, du läufst auf den Gipfel zu, in die Sonne, ins Licht. Du spürst die heilende Kraft der Strahlen der Sonne.

Bete in der Sonne!
Und du lauschst in dich hinein und hörst die göttliche Wahrheit in dir!
Deine Wahrheit. Nimm sie an für immer und lebe deine Wahrheit.
Kehre zu mir zurück, wenn du bereit bist.«

Langsam tauchte Anna wieder aus ihrer tiefen Entspannung auf. Sie konnte gar nicht glauben, was ihr hier an diesem Ort wiederfuhr.

Sie öffnete erneut die Augen und blickte in Rihannas lächelndes Gesicht, in ihre schönen, weisen und liebevollen Augen.

Sie versuchte ihre Eindrücke zu ordnen, doch es wollte nicht gelingen, also gab sie auf, verstehen zu wollen, und blieb dabei, einfach nur zu fühlen.

»Als Letztes wollen wir deinen physischen Leib, deinen Körper reinigen. Lass deine Hüllen fallen und geh in den Teich, geh hinein und werde gereinigt.«

Anna ließ ihre Kleidung am Rand des Teiches liegen und watete langsam in das leuchtende Nass. Es war warm, prickelnd, wie zum Leben erwecktes Licht.

Es glühte und schimmerte um sie, und je weiter sie ging, umso mehr umschmeichelte sie das duftende Wasser.

Sie stellte sich unter den schimmernden Wasserfall, und alle noch verbliebenen negativen Gefühle wie Schuld, Scham, Angst, Verrat und Verzweiflung wurden fortgespült.

Große Reinheit erfüllte sie, und als sie wieder aufs Ufer zustrebte verspürte sie Kraft, Leben, Göttlichkeit und dass sie ein Mensch war.

Am Ufer angekommen, fand sie eine weiße Robe mit unbekannten goldenen Symbolen. Sie kleidete sich an und wartete auf Rihanna.

Viele Gedanken kamen ihr in den Sinn, welch wundersamer Traum.

»Komm, Anna, es ist Zeit«, ertönte Rihannas Stimme. Anna stand auf und folgte ihr. Sie gingen durch einen kurzen Korridor und erreichten einen Raum, in dessen Mitte ein Altar stand.

»Knie nieder und schließe deine Augen«, ordnete Rihanna an.

Anna kniete vor dem Altar nieder und schloss die Augen.

Sie hörte, wie Rihanna zu singen begann, es hatte Ähnlichkeit mit einem

Choral oder Madrigal, die Sprache konnte sie nicht verstehen, doch die Melodie war berückend.

Leise stimmte eine männliche Stimme mit ein, ein schöner, warmer Bariton, und gemeinsam sangen die beiden diese Hymne, und Anna begann die mentale Präsenz neben Rihanna zu erkennen. Tränen stiegen ihr in die Augen, diese Liebe zu fühlen, ihn zu fühlen.

Diese Ausstrahlung war sehr rein, kraftvoll und voller Liebe, ohne jegliche Barriere. Weit offen für ihren Kontakt.

Auf einmal fühlte sie Berührung an beiden Schultern und ein unglaublicher Energieschub bahnte sich durch ihren Körper, von den Schultern zum Herzen, vom Herzen nach oben weit über das Kronen-Chakra hinaus und vom Herzen bis zum Zentrum der Erde. Sie kniete und fühlte sich von Energie erfüllt, es pulsierte durch jede Zelle und sie hatte das Gefühl, ihr Körper würde sich ausdehnen, sie wurde groß, die Erde erfüllte sie und der Himmel.

Sie sah durch ihre geschlossenen Augen leuchtende Energiekaskaden, sie war eins mit allem, göttlich und doch ein Mensch.

Die Energie war eine Feuersäule entlang ihrer Chakren und Energiemeridiane.

Flüssiges Licht, reine Energie, alles wurde gereinigt und geöffnet, sie wurde weit, zu allem.

Gleichzeitig fühlte sie von beiden, von Rihanna und Mikal, einen Zustrom an Wissen, eine Informationsflut an altem Wissen und Liebe.

Die Liebe, die sie für einander empfanden und für alle Menschen, für Anna und für den Planeten.

Als Anna glaubte, die Energie fast nicht mehr zu ertragen, ebbte der Zustrom ab.

»Du bist eine Tochter des Lichtes. Lebe Licht, trage Licht in die Welt, DU BIST LICHT!«, hallte es in ihrem Bewusstsein.

Nach einigen Momenten, Minuten oder auch Stunden, Anna konnte es nicht sagen, hörte sie Rihannas Stimme.

»Anna, steh auf und sieh uns an.«

Da standen sie Hand in Hand, Rihanna und Mikal. Anna traute ihren

Augen kaum: Da stand er, die Ähnlichkeit war unverkennbar, so wie auch sie und Rihanna eine gewisse Ähnlichkeit hatten.

»Wie ist das möglich?« Sie sah in Mikals Augen, graublau, intensiv, wie die sturmdurchtoste See mit goldenen Funken, voller Energie, voller Güte, Weisheit und Liebe.

»In dieser Ebene der Realität ist alles möglich«, antwortete Mikal. »Ich bin hier, weil du eine starke Seelenverbindung in deinem Herzen hast, zu deinem Mann, zu mir. Ich bin ein Echo aus längst vergangener Zeit. Ich bin hier, um dir etwas zu zeigen.«

Anna sah ihn an, vertraute und doch fremde Augen, vertraute und doch fremde Stimme, eine vertraute und doch fremde Präsenz.

Als sie in diese Augen blickte, sah sie wie in einer Vision, was aus Hannes werden konnte, und sie sah, was Mikal war. Sie sah ALLES!

Mikal nickte.

»Ja, vergiss es nicht. Das kann werden oder auch nicht. Es liegt nicht in deiner Hand, doch wenn der Moment gekommen ist, wirst du wissen, was du zu tun hast. Dann lasse ihn sehen!«

Hand in Hand traten Mikal und Rihanna vor Anna und den Altar, beide legten ihr die Hand auf den Kopf, wie zum Segen, und Mikal sagte: »Vertraue, Licht und Liebe ist alles, was du brauchst!

Wir müssen dich jetzt verlassen.

Dies war unser Geschenk an dich, altes Wissen und die Einweihung in den alten Weg, für deinen Weg.

Wenn du Rat brauchst, lausche in dich hinein, wir werden dir antworten. Höre in dich hinein, und du kennst die Antworten.

Nimm dir Zeit für deine nächsten Schritte, lerne aus dir und wachse in deinem eigenen Maß. Alles hat seine Zeit und seinen Ort.

Vertraue, Heilung kommt!

Wir müssen gehen, und auch für dich ist es Zeit, in deine Welt zurückzukehren.

Nutze das Wissen.

Lebe mit dem Herzen, liebe mit dem Herzen, heile mit dem Herzen.

Lebe Licht, denn du bist Licht!«

Plötzlich befand sich Anna wieder auf der Mauer in ihren eigenen Kleidern, Rihanna und Mikal trugen beide noch die weißen Roben.

Dann verneigten sie sich vor Anna und traten Hand in Hand in die Sonne. Langsam wurden sie strahlender und heller, bis sie im Licht verschwanden.

Aufbruch in ein neues Leben

Anna blinzelte, und plötzlich drang ein Geräusch an ihre Ohren. Sie öffnete die Augen, es war dunkel und das Geräusch war Basil, der schnarchend auf dem Bettvorleger lag.

»Das war unglaublich!« Anna schnupperte an ihrem Arm. Da war noch der Geruch des Teiches auf ihrer Haut, und ein Hauch von Weihrauch lag in der Luft. Sie blickte auf den Wecker, es war knapp nach Mitternacht.

»Jetzt habe ich eine Menge zu verarbeiten.« Schon während des Gedankens hatte sie Bilder vor den Augen.

Sie sah Mikal und Rihanna wieder vor sich, Hand in Hand in der Sonne. Wie sie im Licht verschwanden. Anna hatte dieses Bild vor sich und glitt in tiefen Schlaf.

Tagebuch, 10. Dezember 2006

Ich hatte jetzt einige Tage frei, das war sehr schön. Ich habe ja in diesem Jahr keinen vorweihnachtlichen Stress. Ich beobachte nur sehr amüsiert, wie entsetzlich gehetzt alle Menschen um mich herum sind.

Heute Nacht hatte ich einen unglaublichen Traum. Als ich um Mitternacht kurz wach wurde, war es, als hätte ich Tage in der anderen Welt verbracht, dabei hatte ich mich erst vor etwas mehr als einer Stunde ins Bett gelegt. Ich kann das noch nicht einmal in Worte fassen.

Es war großartig, erhebend, einfach wundervoll und absolut unglaublich.

Ich habe von Rihanna und Mikal geträumt und im Traum eine Einweihung erhalten und Wissen.

Diese beiden zusammen zu sehen, sie zu fühlen, uns zu fühlen – einfach unglaublich. Doch selbst wenn mein Traum aus meinem eigenen Unterbewusstsein stammt, ist er eine machtvolle Botschaft.

Ich habe jedoch schon so viele ungewöhnliche Dinge erlebt, dass ich es für möglich halte, dass es eine Botschaft aus meinen vergangenen Leben ist.

Ich werde es annehmen und abwarten.

Was Hannes betrifft, ja, ich sehe es auch so wie Rihanna.

Hannes hat unsere Trennung, wenn auch unbewusst, so inszeniert, um mich zu manipulieren, mich zum Zusammenbruch zu bringen, um einen Grund zu haben, auf mich quasi böse zu sein.

Er hat damit für sich eine Situation geschaffen, in der er sein Verhalten ganz einfach rechtfertigen konnte.

Er hat eine riesige Lebenslüge geschaffen!

Nur wenn das Kartenhaus einstürzt, muss er sich allem stellen. Ich hoffe, Hannes bringt dann die Kraft und den Mut auf und kehrt auf den Pfad zurück.

Ich werde für ihn da sein. Vielleicht kann ich ihn dann sehen lassen, was Mikal mir gezeigt hat.

Ich fühle mich von Frieden erfüllt und eine wunderbare Energie in mir.

Ich bin schon neugierig, was Günter dazu sagen wird. Ich nehme mal an, es werden wieder sehr realistische Betrachtungen werden.

Doch das macht nichts.

Ich werde mir Zeit nehmen, meditieren und das Wissen wirken lassen, denn ich glaube, mein Traum beinhaltet wirklich eine sehr wichtige Botschaft, und noch viel mehr, und diese Energie habe ich mir sicher nicht eingebildet, denn ich spüre sie immer noch.

Das Beeindruckendste jedoch waren Mikal und Rihanna. Die beiden sind, was wir, Hannes und ich, sein könnten. Oder was aus uns werden kann oder vielleicht wird.

Es tröstet mich, egal was das Schicksal noch bereithält.

Ich werde weiter der Intuition vertrauen und auf meinem Weg weitergehen.

Ich werde die Person, die ich bin.

Ich werde und will mich nicht mehr anpassen, um in Konformität zu leben, ich will endlich leben als die, die ich bin. Auch wenn das manchen Menschen vielleicht nicht passen wird.

Wenn nötig, schwimme ich auch gegen den Strom.

Und wenn die Zeit kommt, werde ich um meine Liebe kämpfen, mit allen Mitteln.

Ich will die Liebe nicht betrauern, ich will meine Überzeugungen leben.

Ich will nicht mehr zulassen, dass meine Liebe mit Füßen getreten wird, dass ich schlecht behandelt werde.

Ich will die falsche Moral nicht mehr, ich will Wahrheit leben, ich werde zu mir stehen, zu meiner Herzensverbindung und der Wahrheit.

Keine Heucheleien mehr, Geduld!

Ja, Geduld werde ich aufbringen und zu mir und meiner Liebe stehen.

Es ist mir nicht mehr wichtig, was andere von mir denken, denn ich weiß jetzt, dass in mir viele Gaben schlummern.

Ich brauche kein schlechtes Gewissen zu haben, weil ich meinen Mann liebe, und falls wir wieder zueinander finden, ist es ohne Bedeutung, ob andere denken, das wäre dumm von mir.

Ich habe nichts Unrechtes getan.

Ich werde meinem Gewissen folgen und meine Überzeugung leben.

So oft in meinem Leben habe ich gegen mein besseres Wissen gehandelt, und daraus ist nur Misserfolg entstanden.

Jetzt nicht mehr. Meine verdrängten, schlafenden Anteile werden jetzt erwachen.

Anna erzählte Günter von ihrem außergewöhnlichen Traum und auch von den Erkenntnissen, die sie gewonnen hatte. Günter war natürlich wie immer skeptisch, doch er akzeptierte Annas Standpunkt.

Sie sprachen auch das erste Mal seit Langem über Hannes, da es in Annas Traum auch um Hannes gegangen war.

Anna erzählte Günter auch, dass sie meinte, je mehr sie sich angepasst hatte, umso mehr hatte Hannes sich entfernt.

Auch was Rihanna gesagt hatte über die Wahrheit, die Hannes erst erkennen und annehmen musste.

»Anna, da sehe ich ein Problem. Dein Mann ist so wenig gefestigt, so unreif, wie sollte er das schaffen? Du bist eine starke Frau, und hast Monate gebraucht, um so viel zu lernen, um so weit zu kommen«, meinte Günter. »Ich glaube viel mehr, dass er sich der Situation niemals stellen wird. Er wird das alles nur verdrängen!«

»Da könntest du schon recht haben, doch ich gebe die Hoffnung nicht auf, dass auch er Erkenntnis erlangt. Und er muss sich irgendwann damit auseinandersetzen, denn unsere Situation ist völlig ungeklärt«, antwortete Anna.

»Als ich versucht habe, ihn zu umsorgen, ihn zu fördern, zu verwöhnen, für ihn da zu sein, das zu sein, was er vermeintlich wollte, da lief er mir letztendlich davon. Bei unserer nächsten Begegnung werde ich nur ich sein, Anna! Das wird sicher spannend.«

»Ja, das wird sicher interessant. Denn ich merke sehr deutlich, dass du jetzt schon sehr viel mehr Kraft hast.«

»Günter, ich denke, ich werde sicher immer wieder Tage haben, wo ich traurig sein werde, doch seit diesem Traum, dieser Einweihung fühle ich starke Veränderung in mir und ich bin bereit!

Und die Hoffnung werde ich nicht aufgeben, denn das würde bedeuten, dass ich meine Liebe aufgeben würde.

Doch ich werde mein Leben nach meinen Wünschen gestalten, und in meinem Leben wird auch Platz für andere Menschen sein.

Ich bin eine Frau, ich möchte meine Weiblichkeit leben.

Ich bin bereit, zu neuen Ufern aufzubrechen und anzunehmen, was kommt, denn ich glaube, dass es sich lohnt.«

»Diese Einstellung muss ich anerkennen, und ganz ehrlich, ich bewundere dich dafür, denn die meisten Menschen würden das nicht können, nicht machen oder auch nicht wollen«, sinnierte Günter vor sich hin.

»Ja, ich weiß, aber ich muss zu meiner Überzeugung stehen. Ich will endlich authentisch leben.

Das wird vielleicht ein harter Weg, doch ich denke, nein, ich fühle, es lohnt sich.

Meine Liebe wurde mit Füßen getreten, meine Treue verspottet, und trotzdem, wenn der richtige Zeitpunkt kommt, werde ich um meine Liebe kämpfen, selbst wenn es sehr schwierig wird.

Wenn es sich für die eine, die wahre Liebe, die Herzensliebe nicht lohnt, wofür lohnt es sich dann?«

»Da hast du recht! Ich beneide Hannes beinahe!«

»Ach, Günter, du hast doch auch einen wichtigen Platz in meinem Herzen. Du bist sehr wichtig in meinem Leben, und ich brauche dich, vielleicht mehr, als du glaubst. Ich liebe dich doch auch, nur eben auf eine andere Art.«

Die Tage vergingen wie im Flug, Weihnachten kam und ging vorüber, der Jahreswechsel stand unmittelbar bevor.

Silvester wollte sie mit Günter verbringen, einen netten ruhigen Abend am Ende eines turbulenten und harten Jahres.

Mit Günter ins neue Jahr zu gehen war genau das Richtige, er hatte sie auch durch die schwere Zeit begleitet, sie kannte niemand, der besser geeignet wäre, um sie in einen neuen Lebensabschnitt zu begleiten.

Anna machte ihren Jahresrückblick, wie jedes Jahr.

Das war für sie ein wichtiges und vertrautes Ritual und in diesem Jahr vielleicht noch wichtiger, denn sie war weite Wege gegangen. Sie hatte sehr viel erreicht und gewandelt.

Tagebuch, 31. Dezember 2006

Das wird der letzte Eintrag in diesem Tagebuch, dieses schließe ich ab und morgen beginne ich ein neues.

Nun, dieses Jahr ist viel geschehen.

Letztes Jahr habe ich in meinem Rückblick geschrieben, wie schön es ist, dass Hannes und ich unsere Krise gemeistert haben, und wie sehr ich mich auf die Zukunft freue, dass 2006 einfach ein »wahnsinnig tolles« Jahr werden würde.

Es kam leider ganz anders.

Nach einem halbwegs guten Start und einem wunderschönen Urlaub kam leider die böse Überraschung.

Mein Mann hat mich belogen, betrogen und verlassen.

Und zwar nicht, wie ein normaler Mensch das tun würde, sondern in der absolut brutalsten und demütigendsten Art und Weise.

Er lebt jetzt mit einer anderen Frau und gefährdet zum zweiten Mal meine Existenz.

So nebenbei hatte ich Streit mit meiner Tochter, und für meine Schwiegereltern existiere ich nicht mehr.

Nun ja, mit Jenny gibt es eine sehr vorsichtige Annäherung, es wird die Zeit dann zeigen, wie es mit uns weitergeht.

Nach einem völligen Zusammenbruch und einer tief depressiven Phase habe ich es jedoch geschafft.

Und ich habe mich erhoben wie der Phönix aus der Asche, ich bin gesundet und wieder stark.

Ich habe meine Skelette aus dem Schrank entfernt, die Schleier meines Bewusstseins gelüftet und mich wiedergefunden.

Ich habe in mir »meinen Himmel« gefunden, meine schöne, starke, vollkommene Seele, eine große Kraftquelle, die LIEBE, und meine Fähigkeit zur Liebe.

Meine ureigene Spiritualität ist erwacht, und ich befreie mich jeden Tag ein wenig mehr aus den Fesseln und Beschränkungen, die mir meine Erziehung und mein Leben auferlegt haben.

Jeden Tag erlebe ich mehr die Schönheit und Weisheit des Universums.

Sogar in der Zeit der größten Verzweiflung liegt Hoffnung, die Chance zu lernen, und gelernt habe ich!

Unsere Zeit ist schnelllebig und oberflächlich. Diejenigen unter uns, die sich um die Wahrheit und die wahre Liebe bemühen, in allen Handlungen, in allen Gedanken und im Tun, haben einen dornigen Weg vor sich.

Wer zur wahren Liebe steht, zur heiligen Ehe, zur Treue, zu den wahren Werten, hat einen schweren Kampf zu bestehen.

Gegen Vorurteile, fadenscheinige Moralbegriffe, gegen unehrliche Motive und vermeintliche Ansprüche.

Ich erkenne jeden Tag immer mehr, dass die Liebe, die im Herzen gelebt wird, überhaupt nicht verstanden wird und auch nicht, oder nur sehr selten, gelebt wird.

Diese Werte sind beinahe verloren gegangen in den Herzen der Menschen.

Liebe ist Besitz, wird an sich gerafft, ohne wahres Gefühl und ohne Verantwortung, die Trennungen entstehen genauso leichtfertig und verantwortungslos.

Wie Fast-Food-Produkte, Liebe light?

Unersättliche Gier wie nach einem Konsumgut, Einwegliebe, nach Gebrauch entsorgen!

Doch kein höheres Ziel, keine Herzensliebe, keine Freiheit, keine Tiefe! Nur Mangel!

Nein danke!

Ich lebe nicht so und bin nicht so.

Ich lebe ganz und wünsche mir die Erfüllung meiner Seelenpartnerschaft, dafür werde ich auch kämpfen, wenn die Zeit kommt.

Ich verharre in der Wahrheit, ICH BIN! Ich liebe!

Ich werde die Geduld, die Beharrlichkeit aufbringen, die nötig ist.

Mir ist unrecht getan worden, meine Gefühle wurden gedemütigt, mit Füßen getreten, meine Liebe wurde zu einem Nichts herabgewürdigt.

Doch meine Gefühle sind da, meine Liebe ist!

Das ist die Wahrheit, und ich werde an meiner Wahrheit festhalten, denn das ist mir heilig.

Es gibt so eine nette Geschichte, von Platon, wenn ich mich recht erinnere.

Früher waren wir Menschen ganze Wesen, lebten glücklich und zufrieden, wie die Ferkel in der Pfütze. Das erregte den Neid anderer mächtiger Wesen, und sie spalteten die ganzen Wesen mit einem Blitz entzwei. So entstanden Mann und Frau. Seit diesem Zeitpunkt suchen wir unsere verlorene Hälfte, um uns wieder eins zu fühlen, wir suchen unsere Seelenpartner.

Eine schlichte Betrachtungsweise, doch für mich sehr zutreffend.

Ich weiß, dass ich großes Glück hatte, denn ich habe meinen Seelenpartner gefunden, und wir waren eine ganze Weile sehr glücklich.

Doch wie es sich herausstellte, ist mein Mann ein sehr ungefestigter Mensch, der noch viel zu lernen hat, seine eigenen Prüfungen durchlaufen muss.

Jetzt hat sich eine Frau zwischen uns gedrängt, mit ihrem Besitzanspruch, ohne Moral und ohne Werte.

Sie will ihn an sich ketten, ihn beherrschen, ihn formen, das zeigt sich in vielen Dingen.

Doch das, was nicht zu dir gehört, du andere Frau, das kannst du auch nicht halten.

Das Schicksal findet immer einen Weg, sich zu erfüllen.

Vielleicht braucht Hannes das alles tatsächlich, um zu lernen, vielleicht braucht er diese Erfahrungen um er selbst zu werden, seine eigene göttliche Persönlichkeit zu entdecken, der zu werden, der er wirklich ist.

Ich habe mich wieder gefunden, in all den Wirrnissen und der Verzweiflung der letzten Monate.

Ich vertraue, dass, wenn wir genug gelernt haben oder im göttlichen Zeitplan der richtige Zeitpunkt gekommen ist, wir dann unsere Aufgabe gemeinsam erfüllen werden und unsere Liebe in Freiheit leben können. Denn nur in Freiheit kann Liebe gelebt werden, nur in Freiheit ist Nähe möglich.

Reine, bedingungslose Liebe, wahre Herzensliebe braucht Freiheit!

Ich habe keine Angst mehr, denn ich habe alle dunklen Gefühle ans Licht geholt.

Ich betraure meine Liebe nicht mehr, ich feiere sie wie ein Fest, denn sie gehört mir.

Ich betraure meinen Glauben, meine Spiritualität nicht mehr, denn das alles gehört zu mir.

Ich betraure das Leben nicht mehr, denn es ist mein Leben, ich feiere mein Leben.

Ich bin frei, ich darf ich sein, und das ist die größte Erkenntnis dieses Jahres und das schönste Geschenk.

Was kommen wird, kann ich nicht sagen, doch ich weiß, es wird gut sein.

Es ist, wie es ist, und es ist gut so!

Ich vertraue darauf, dass Heilung kommt.

Ich lebe im Jetzt und im Hier, ehrlich und authentisch, ICH bin geworden.

Ich habe endlich verstanden.

»Ich bin Gott, Gott ist ich«, mehr ist nicht nötig.

»Mein Himmel«
ist in mir.